Groningen
フローニンゲン
Hamburg
ハンブルグ
Amsterdam
アムステルダム
ベステルボルク
Westerbork
Bergen-Belsen
ベルゲン・ベルゼン
Frankfurt am Main
フランクフルト
アム・マイン

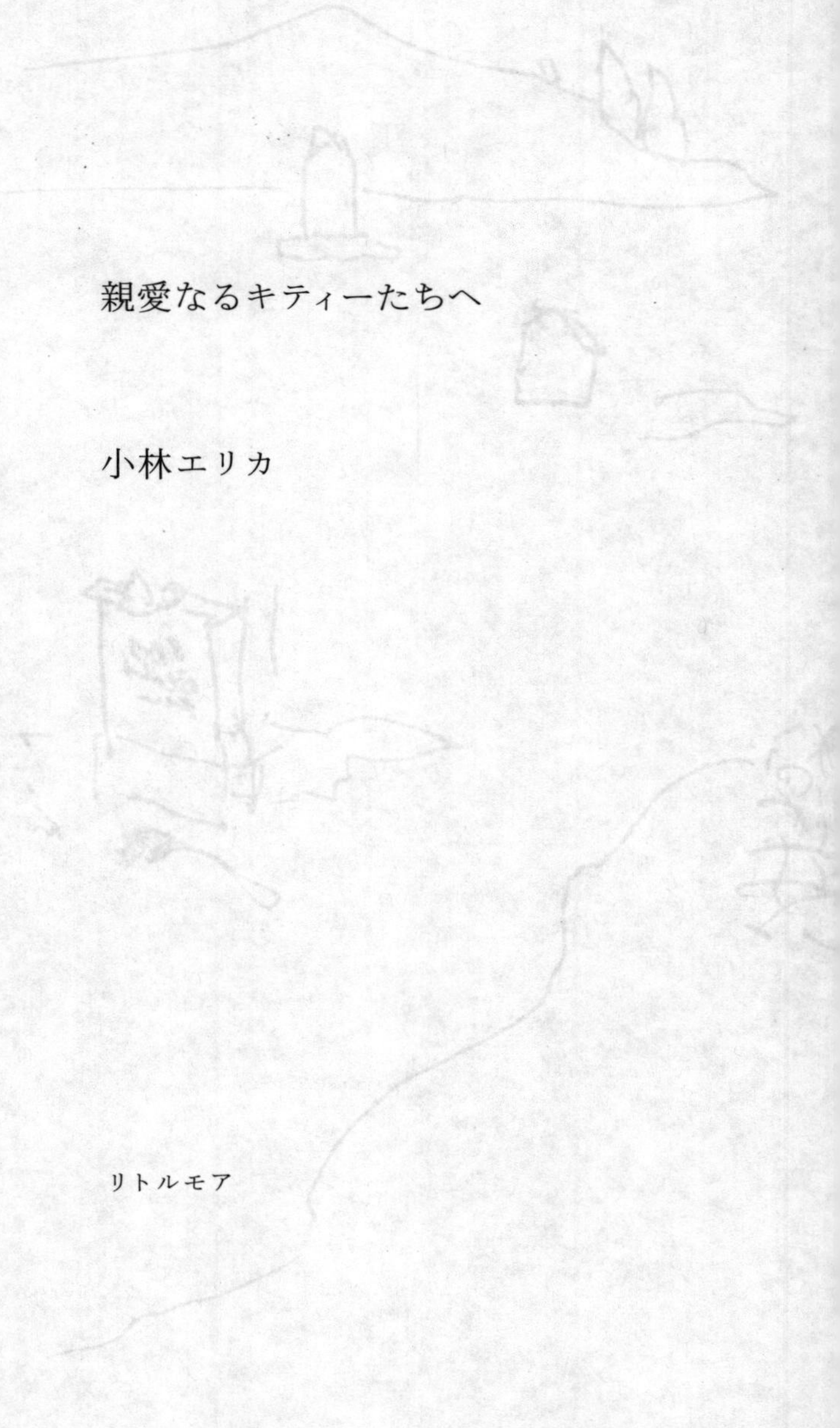

親愛なるキティーたちへ

小林エリカ

リトルモア

MARGO
FRAN

親愛なる私の父、小林司へ

二〇一一年三月二十九日　火曜日　晴天

開け放たれた窓からテレビの音が聞こえる。街はまだいつもよりずっと静かで人も少ない。ポケットに両手を入れたまま、目黒川沿いを歩く。風はまだ冷たいけれど、もうすぐ桜の花が咲くだろう。

親愛なるアンネ・フランク、
その年の六月、八十歳の誕生日を迎えたかもしれなかった彼女へ

目次

成田エクスプレスのガラス窓の向こうの光の中に景色が流れ過ぎてゆく。

私は二冊の日記たちを手に、空港へ向かおうとしていた。

膝の上で一冊ずつをゆっくりと開く。

ひとつは新品の文庫本。頁からはまだ紙とインクの匂いがする。もうひとつは、その倍程のサイズのノートブック。表紙は破れ落ちかけ、紙はすっかり黄ばみきっていて、中には筆やペン、えんぴつなど、ばらばらな筆記用具で書かれた手書きの文字が並ぶ。

私はその二冊の日記に記された、言葉を、文章を、食い入るように見つめては繰り返し読む。

一九四四年三月二十九日、水曜日

親愛なるキティーへ

ロンドンからのオランダ語放送で、ボルケステインという政治家が言っていました。この戦争が終わったら、戦時ちゅうの国民の日記や手紙などを集めて、集大成すべきだというんです。さっそくみんながわたしの日記に注目しだしたのは言うまでもありません。もしこの《隠れ家》での物語を発表できるようなことになれば、どんなにおもしろいか、まあ考えてもみてください。題だけ見たら、読者は探偵小説かと思うかも。

昭和二十一年三月二十九日　金曜日　曇後晴　温

八時起床。朝昭に公式といふ語と何乗といふことを教へておひな様を出し試験問題集を書いた。午後国谷の家へ行ったが不在。軍服一着染替を頼んで来た。帰途第二弘文館で「ドイツ語四週間（大学書林　十五円）」自修ドイツ文法詳解（太陽堂）十五円と書店でドイツ語文法教科書（六円）を買って来た。夜高口が来た。ドイツ語四週間の裏の暗記カードを切り不足分を作った。

車内販売のカートが私の脇を通り過ぎてゆく。斜め向かいの席に座る男の人がコーヒーを買っている。小さなテーブルの上にはラップトップコンピュータが広げられている。

後ろの席ではおそらくこれから南の島へ旅立つカップルが小さな声でお喋りを続けてくすくすと笑っている。

窓の外にはビルやスーパーマーケットの看板が幾つも見える。そしてその向こうには青い空。私はハンドバックから真新しいノートを取り出す。ペンを握りしめる。そして、書きつける。

二〇〇九年三月三十日　月曜日　晴天

親愛なるキティーたちへ

小林エリカ

光の中を埃がゆっくりと落下してゆく。

まだ子どもの私は、ベージュの絨毯の上に寝転がっている。

窓には茶色い縞模様のカーテン。

両脇にはずっと本棚が並んでいる。灰色のスチール製。それを裸足の爪先でつつくとひやりと冷たい。本棚には本が乱雑にびっしりと詰め込まれている。背表紙の文字を端から読んでゆく。英語の文字や、難しい漢字、茶色い染みで、読めないものもある。本好きの父が血道をあげて買い集めた本たちは、もはや本棚に入りきらなくなって、床へまで溢れだしている。それを爪先でなぞる。

白い埃がぱっと光の中へと舞い上がる。

お気に入りのキュロットスカート。長い髪が汗で頬に絡まる。

私は大きく息を吸い込み、くしゃみする。

鼻を啜りあげる。

本の匂いがする。

＋

台所の脇の廊下を抜け、寝室の奥にひっそりとある小さな扉の向こう側。本棚と本と埃で埋め尽くされた小さな部屋。そこは、私にとって、絶好の秘密の場所だった。子どもの私がきまってこっそりと泣く場所は、この部屋の隅、本棚の裏側だった。

私の家はとにかく家族が多かったので、そこが唯一、たったひとりきりになって、思う存分、泣くことができる場所だった。

とはいえ、私が泣く理由などというのは、おもらしがどうしてもとまらないだとか、姉と喧嘩したとか、意地悪を言ってしまったとか、おっぱいが膨らみかけていて痛いだとか、はやく大人になりたいだとか、どれもごくちっぽけで馬鹿げているようなものばかりだった。けれど、それでも、それらは私にとって至極重大なことで、とにかく私はしょっちゅうひとりで泣いた。

ただ、大概は泣いているうちに泣き疲れ、気づくと爪先で本をつまみ上げては、それを開いて読んだ。

床に寝転んだまま、適当な頁を開いて、そこにある文字を読む。

医学書。探偵小説。外国語の本。隠し置かれた外国のポルノ雑誌。あらゆる種類の本が、そこにはあった。

難解で意味不明なものを見ては驚き、金髪の女の人が股を広げている姿を見ては驚き、ひとつひとつを食い入るように見つめた。

ざらざらする紙。茶色くなった紙。まだインクの匂いのする紙。

それを指で触り、頁を捲ってゆく。

そうするうちに、私は泣くのを忘れた。

最後には、隣の部屋の押し入れからトイレットペーパーをひっぱり出して、鼻をかんだ。

＋

私十歳、小学五年生の夏、またいつものようにしゃくりあげながら本を漁っていたところで、私は『アンネの日記』という本に出くわした。

小さな箱に入った、布張りの、白い本。金色の文字で箔押しされた「アンネの日記」という文字。

箱は鮮やかな黄色と深い紫色に彩られていて、表紙には女の子の顔と外国の家の風景がえんぴつ書きのような絵で描かれている。裏を返してみると手書きで綴られた外国語の文字がある。

私は、その本を手に取り、そして、鼻水を啜りあげながら、寝転がって、ページを開く。

白黒写真が何枚も続いていた。

女の子の写真があった。私とおなじくらいの年頃に見えるペンを手にした外国人の女の子。

それは、日記だった。

学校のこと、友だちのこと、忍び寄る戦争のこと、それから、《隠れ家》へ潜んだこと。気づくと、私は夢中でそれを読んでいて、窓から差し込む光はもうぼんやりと薄暗くなりかけていた。

台所から母が私を夕食に呼ぶ声が聞こえる。

一九四二年六月二十日、土曜日

考えてみると、わたしのような女の子が日記をつけるなんて、妙な思いつきです。これまでつけたことがないからというだけじゃなく、わたし自身にしても、ほかのだれにしても、十三歳の女子中学生なんかが心のうちをぶちまけたものに、それほど興味を持つとは思えませんから。でも、だからといって、べつにかまいません。わたしは書きたいんです。いいえ、それだけじゃなく、心の底に埋もれているものを、洗いざらいさらけだしたいんです。

[…]

というわけで、いよいよ問題の核心、わたしがなぜ日記をつけはじめるかという理由についてですけど、それはつまり、そういうほんとうのお友達がわたしにはいないからなんです。

[…]

でもそれは、ほかのお友達みんなについても言えることで、だれもがただふざけあったり、冗談を言ったりするだけ。それ以上の仲じゃありません。身のまわりのごくありふれたことのほかは、だれにもぜったいに話す気になれませんし、どうやらみんな、おたがいそれ以上に近づくことは無理みたいです。そこが問題の根本なんです。あるいはわたしにひとを信頼する気持ちが欠けているのかもしれませんけど、そうだとしても、それは厳然たる事実ですし、それをどうにかすることも、できそうにありません。そこで、この日記をつけることにしたのです。

長いあいだ待ち望んできたこのお友達の姿が、わたしの心の目にいっそう輝いてみえるよう、たいがいのひとがするように、日記のなかにあけすけな事実を書きつらねることはしないつもりですけど、それでも、この日記帳自体はわたしの心の友として、今後はわが友キティーと呼ぶことにしましょう。［…］

＋

学校から戻ると、真っ先に本棚の裏側へ駆けて行った。そして、その続きを読んだ。
それは、私が泣くためではなくその部屋へ入った、はじめてのできごとだった。
一心にページを捲り、本を読んだ。
そして、気づくと、私はやっぱり、涙を流して泣いていた。
けれど、それは本の中に書かれたその言葉に、感動していたからだった。
トイレットペーパーで鼻をかむ。

心の友キティーを持つ、アンネが羨ましかった。

書くことで、どんなに不条理な現実や困難にも、ひとり懸命にそこに立ち向かってゆくアンネの姿は、素晴らしく強く、美しく見えた。

私は、アンネの日記を見つめ、読みながら、思う。

私もいつか、きっと、成長して、彼女みたいに、強く、賢い、女の子になりたい。


ずっと遠くの外国の町に住む会ったこともない、三歳年上の女の子。

彼女の真似をして文章を書きつけることをはじめた。

けれど、私は彼女とは違う。

私は、外を自由に歩きまわることができた。命の危険にも晒されていない。やろうと思えば、なんだってできるはずだった。にもかかわらず、どうにも私は凡庸で、弱虫で、ちっとも、強くも、美しくも、なれそうになかった。世界ではいまだに戦争をやっていたけれど、私はそれをどうしたらいいかわからなかった。

でも、私はひとりノートを開き、文章を書いた。

いつか、きっと、強い女の子に、なりたい。

できるかぎり聡明で、美しい女の子になりたい。

文章の中でだけは、そんな女の子になれそうな気がした。

そして、この世から、戦争も、飢えも、貧しさも、なくせるような気さえした。

いつの日か、そんな日がやってくるのではないかという希望を持てた。

＋

それから、二十一年の年月が流れ、私は三十一歳になった。

私はもう、すっかり大人だった。大人どころか、どちらかといえば寧ろ、オバサンだった。

もはや、おっぱいは垂れはじめる年齢にさしかかり、子どもの頃に想い描いた未来は、過去になっていた。ところが強さとも、聡明さとも未だ程遠いまま、私はとにもかくにも生きていた。

＋

その年、二〇〇九年三月のこと。

私の父は八十歳の誕生日を迎えようとしていた。

東京練馬は光が丘団地にほど近い場所にある実家を訪ねた。

玄関を開けると、三人の姉たちと姪や甥たちが駆け出してきた。ひな祭りと父の誕生日会をかねた、久々の家族の集まりだった。

母は台所で菜の花のちらし寿司を作っている。

階段を上がり、二階の部屋を覗くと本と書類の山に埋もれるような格好で、父は姉に買ってきてもらった好物のマクドナルドのフライドポテトを頬張っていた。片手にはハインリッヒ・ハイネの詩集を握りしめている。今は、ハイネに夢中だそうで、それについての本を書くのだと息巻いている。

父が本の翻訳や執筆の仕事をはじめるようになってから、三十四年になる。

夜、私たちは揃って父を囲み、ハッピー・バースデーの歌を歌った。

誕生日会だなんてまっぴらだ、死に一歩近づくだけだと父はひとり毒づいている。ロウソクもプレゼントも断固として拒否していたが、食後には父が一番にチョコレートケーキを食べた。

＋

姉たちは皆それぞれの夫や家族が待つ、それぞれの家へと戻っていった。私は実家に残る。

かつて私がここに暮らしていた頃より家は更に汚さを増し朽ちつつあったが、風呂場だけは新品に改装され壁には手摺がつけられていた。不釣り合いに真新しい浴槽に浸かる。

それから、昔のままの古びた小さな私のベッドに潜り込む。

家はすっかり静まり返っていた。父も母も犬も猫も眠っている。

私は眠れないままでいた。

天井の木目を数え、その曲線を宙でなぞる。

線は、その樹が生きてきた時間と形を留めている。

＋

真夜中、私は秘密の部屋へ、本棚の裏側へ向かう。

もう長い間、そこへは入っていない。少なくとも、十年以上。

薄闇の中階段を降りる。空気はまだ肌寒い。

一階の廊下の突き当たりにある破れかけた襖を開ける。そこは、もはや寝室ではなく、物置と化していた。足下にある本やがらくたを跨ぎ、部屋を抜ける。

アルバム、壊れたスーツケース、着ないけれど捨てられない洋服。それらが、本と一緒くたになって埃をかぶっている。窓には私が子どもの頃に貼付けたシールがそのままに残っている。

一番奥の細い通路を抜ける。その向こうの扉は開いていた。

本が部屋からあふれるように積み上げられている。

私はゆっくりとつま先立ちで、足を踏み出す。

蛍光灯の紐を引っ張る。

光が灯って、埃が舞い上がる。

奥へ。ずっと奥へ。

本棚の裏側へ。

くしゃみが出た。鼻を啜りあげる。

本の匂いがする。

＋

そして、私は、その場所で、もう一冊の日記に出会うことになる。

＋

ちょうど子どもの頃にしていたように、私は床に寝転んだ。誰一人この部屋を掃除していなかったので、絨毯は恐ろしく埃っぽく薄汚れていて黴臭かった。けれど、それでもそこに横になった。

私はこの場所で泣いたことを、アンネの日記を読んだことを思い返す。手近なところにある本を幾つか取り出して開く。

そうするうちに、私は、茶色く変色し、裏表紙が破れ落ちかけている一冊のノートを、手にしていた。
その表紙には、細い筆でごく丁寧に書かれた「日記帖」という文字があった。
星のスタンプ。桜のマークが描かれている。
そして、その脇には、名前の判子が朱色で押されている。
小林
頁の間から黄金色に見えるほど茶色くなった桜の花びらの押し花がはらはらと落ちた。

＋

中を開くと横線のノートを縦に使い、筆や万年筆やえんぴつの文字がぎっしりと書き込まれ、そこには幾枚もの紙が挟まっている。

金沢第一中学校の数学解答用紙の割り算メモの裏に万年筆で書かれた冬休みの予定計画表（英語一万語一日二頁、ドイツ語一時間、ドイツ語単語カード十三語、起床午前七時、就寝午後九時厳守）。

三学期試験準備日割表（ラスト・ヘビー・プラン）。

ノートの切れ端をちぎって描かれた先生と思しき人の似顔絵。

新聞スポーツ欄の切り抜き。

My dear Mr.Kobayashi と英語で書かれた旭という友だちからの葉書。

ガリ版刷りの合唱リスト（口笛独奏子守唄、シューベルト、モツアルト、ブラームス、ジョセランの子守歌、シューベルトのセレナーデ、アヴエマリア、合唱合奏独唱演奏、椰子の実、荒城の月、アロハオエ、鳩ポッポ（裏には手書きのえんぴつで英語の鳩の詩）。めぐみ合唱会第一回発表会——引揚者援護の為に——の二円のチケット。それから、新聞記事の切り抜き（B29の速度とともに北陸東海関西地方の地図が書き記された「防空情報解説図」）の裏に墨で書かれた日記のメモ。

＋

私の父、小林司の日記だった。
それは、昭和二十年、一九四五年、七月二十二日の日記からはじまっていた。

＋

一以貫之。断行。

昭和二十年七月二十二日（日曜日）雨

昨夜も空襲は無かつた。五時頃に警報発令、一機若狭湾を偵察、燃えて了はない中は気が気でない。来るものが来んとどうも落着かない。例の如く大急ぎで工場へ行つたら未だ早かつた。始めて将校外套を着て行つた。工場で一日中内職した。一時頃高橋少尉が机の前へ来て「よく勉強しとるな。学校は何時からだ？二十五日！もう御別れだな、君達が行つて了つては残念だな、俺も工場より学校へ行きたいな！」には顔負け。見つかつた以上堂々と顔の皮を厚くして内職を本職とす。工場生産参考ノート十七頁筆記。所長や顎中尉の来たのも知らなかった。どうせくされ縁だい、後一日だ。――と思ふがそれもあやしくなって来た。ラッキョは今日欠席故全然わからない。

どうか一日も早く四高が始まります様に。そしてもう一日程空襲が無い様に。二時頃菓子が九十五銭配給された。三分の一程喰つて旭と一緒に家へ帰つて来たら戸締まり。家へ這込つたら「昭をつれて行きます。十四時」とある。源兵衛島へ行つたなと旭と思つた。ラヂヲを持つて行つて貰ふ事にしてアースを外し真空管の位置を控へる。八時頃に母が帰つて夕食。マッチの配給四十五銭。僕が取りに行つた。食事の肉は砂糖入りでとてもうまかつた。後挽茶を飲んだ。飲み納めにならねばよいが。

私はその場に横たわったまま、父の日記を読んだ。父の筆跡を辿ってゆく。

昭和二十年七月二十三日（月曜日）曇・小雨

夕寝て直ぐ十一時半頃だったか警報が入った。親不知方面だつたので又一日命が延びた。今日も九時半から十時にかけて警報が入つた。待避中ラッキョーより月末迄勤労動員継続の報を受く。不平満々。明日からは出勤率二十％以下になるだろう。工場から帰つて直ぐ大田先生が来られて玄関で話をして行かれた。母は今日も源兵衛島へ行つた。トラックさへ行けばこんな苦はないのになー。夜は広岡さんへトラックを頼みに行かれた。今一人である。ラヂヲのブザーが塀越しに聞えて居る。今晩は空襲がありさうだ。もう一日来んやうに。南無三。

昭和二十年七月二十四日（火曜日）晴後曇

又一日命が延びた。今日は一日工場をさぼる事にして埋めた本を掘つて乾かしたり転任の時のわくをこはして焚物を何時でも旭の所へ持つて行けれる様にした。十時頃旭が来て「今の警報で逃げて来た」と謂つた。今日も九時半から一時間半程警報が入つたが敵機は来なかつた。一緒に昼飯を喰べて掛軸・巻物等を見て冷かして五本程疎開させるのを決めた。三時頃山上さんが来た。その前に四高の松本君が本を戻しに来て呉れた。その時三十日入学式なる事、微積分の本を宇都宮書店の裏口から行けば売つて呉れる事等を聞いた。

日記は、昭和二十年七月二十二日からちょうど一年後の七月二十二日まであった。

昭和二十年、二十一年。一九四五年、一九四六年。当時、父は十六歳から十七歳。金沢の飛行機工場へ勤労動員。その後、富山県井波の飛行機工場へ勤労動員。敗戦。それからやってきた、戦後。

金沢で、父は、祖母、それから、父の弟の昭と一緒に暮らしている。祖父は軍医としてラバウルに出征している。学校は念願だった旧制第四高等学校へ入学。学部は理乙。必修の外国語は英語とドイツ語。しかし、戦争中は授業がないし、戦後は食うのに困り働かなくてはならないので、なかなか勉強が進まずやきもきする。友だちの名前は旭。好きな女の子は内緒。

私は、父の日記を読む。

いまの私よりも、まだ、ずっと若かった頃の、父の日記を。

私は父の日記を読みながら、こんなにもずっとそばにいるはずの父のことを、何ひとつ知らないことを知る。

三十一年もの間、いちばん身近にいて、こんなにも大好きな父のはずなのに。

思えば、父は私にとって、いつだってずっと大人で、ずっと私の父だった。

けれど、日記の中で、父は、十代の、小林司という名前を持つ、ひとりの少年だった。

＋

父が生まれたのは、昭和四年、一九二九年。

それが、アンネが生まれた年とおなじ年であることに気がついたのは、実家から戻り、『アンネの日記』をふたたび手にした時のことだった。

＋

アンネはユダヤ人の少女だった。私の父は日本人の少年だった。

かつて、ユダヤ人たちを虐殺したナチス・ドイツと日本は同盟関係にあった。歴史的な事実を考えると、戦争の中で、彼女は死に追いやられ、彼は間接的に彼女を死に追いやったということになる。

それと同時に、彼女は私が心から尊敬し夢中になったアンネ・フランクであり、彼は愛する私の父小林司だった。

まだ子どもだった頃、父に手をひかれて歩いた街のことを、私は想い出す。

金沢の街。父がかつて暮らした街。

父はせっかちな上に、思い出話も好きではないので、何かを話してくれるわけではない。ただ黙って私の手を握り、私と一緒に歩く。

私の右手は父の左手に包まれるようにして握られている。父の手は大きく、指には幾つも指輪が嵌められていて、それがごつごつしている。

川の中州には、高く伸びた雑草が揺れている。

アスファルトの色。古い建物の木の床。お寿司を食べる。旅館でやってしまったおもらし。

丘の上から街を見る。光。空気の匂い。

駅前には新品のビルディングが建てられている。かつて父が住んだ家もその大方は残っていなかったし、知り合いだって殆どいなかった。

けれど、いまになって、私は気づく。

それは、父の過去の時間を、ひたすら私に伝えてくれようとする、儀式みたいだった。私が生まれるより、はるかかなたにある、時間。いまの私のところへと繋がるその道のりを。

大人になってから、私はひとり、ハルピンを訪れた。

気づけば、父がかつて暮らした街を、全て辿ってまわっていた。

一九四四年四月五日、水曜日

だれよりも親愛なるキティーへ

［…］

わたしはぜひともなにかを得たい。夫や子供たちのほかに、この一身をささげても悔いないようななにかを。ええ、そうなんです、わたしは世間の大多数の人たちのように、ただ無目的に、惰性で生きたくはありません。周囲のみんなの役に立つ、あるいはみんなに喜びを与える存在でありたいのです。わたしの周囲にいながら、実際には私を知らない人たちにたいしても。わたしの望みは、死んでからもなお生きつづけること！［…］

アンネが、死んだ場所、生きた場所。

日記に記された、記されることのなかったそのひとつひとつの場所を、私は歩きたかった。

いま、そこにある街を、虫を、色を、私は見たかった。

死から生へ、アンネが生きた場所と時間を遡る旅に出ることを、決めた。

アンネがこの世を去ったのは十五歳。

ドイツ、ベルゲン・ベルゼン強制収容所である。一九四五年三月のある日のことだった。その日にちは定かではない。

私は机の上にヨーロッパの地図を広げる。

ベルゲン・ベルゼンはドイツの北に位置している。

アンネはそこへ、アウシュビッツ・ビルケナウ強制収容所から、列車で送り込まれた。

地図の上を東へ。黒い印のベルリンを通過し、東の国境を越え、ポーランドへ移動してゆく。

アウシュビッツ・ビルケナウ強制収容所、そしてアウシュビッツ強制収容所へ。

そこへ送られる前には、オランダ、ベステルボルク中間収容所に一時的に収容されている。

地図の線はそこから、ふたたび折り返すような形で北西へ。ふたたびベルリンを通り過ぎ、そのまま今度は西の国境を越え、オランダへ。ベステルボルク中間収容所から南へ下ったところがアムステルダム。

日記の書き記された場所。《隠れ家》のあった場所である。

地図の上を、さらに移動してゆく。

今度は南の国境を越え、再びドイツへ入る。そのまましばらく南下すると、フランクフルト・

アム・マインへと突き当たる。彼女の生まれた街。

私はそれぞれの点をペンで結んでゆく。

斜めに歪んで傾くZのような線が描き出される。

＋

旅に出るための支度に取りかかる。

ひとつの場所から次の場所までは、列車でどのくらいの時間がかかるのか、一番近い街はどこか、経由地などを、調べて紙に書き出す。

ハンブルグ、ツェレ、ベルリン、クラコフ、ふたたびベルリン、フローニンゲン、アムステルダム、フランクフルト・アム・マイン。

ところが、無いのは金だった。とはいえ、なにより私には、時間だけはたくさんあった。どうしてもこの旅を諦めきれずに一週間が過ぎた頃、友人のひとりが、私に声を掛けてくれた。ハンブルグに住んでいる友人を紹介するから、そこへ泊まったらいい、それでホテル代は浮くでしょう。すると、今度は別の友人が、その時期、別件でヨーロッパにいるはずだから、アムステルダムの宿はまかせろと、申し出てくれた。さらに続けて、ベルリンに住む友人を紹介するから飯は心配ない、と言ってくれる。

すぐさまインターネットで列車と宿の調べをつけて、金換算をやってゆく。

もしかすると、あり金を全部はたけば、あと、ほんの幾らかで、なんとかやり繰りできるかもしれない。

そんな折、父と母、そして三人の姉たちから、一万円ずつの金が、郵便で送られてきた。お土産はいりません、という旨の手紙が、添えられていた。

かくして、友人たち、あらゆる状況、そして、家族たちに背中を押されるようにして、私は、この旅へ出ることに、あいなった。

＋

二〇〇九年、父の八十歳の誕生日からほどなくして、私の旅ははじまる。

＋

二〇〇九年三月三十日　月曜日　晴天

銀色のトランクの中へ荷物を詰め込む。スカート、ブラウス、セーター、ワンピース、パンツ、ブラジャー、パジャマのワンピース、タオル、歯ブラシ、化粧道具ひとそろえ、石鹼、シャンプー、リンス、ナプキン、カミソリ、ブラシ、マニキュア、爪切り、スニーカー、ガイドブック各種。ハンドバッグにパスポート、航空券、予約した列車の電子切符、ホテルの予約チケット、プリントアウトした地図、ペン、携帯電話、デジタルカメラ、お財布、クレジットカード、それから、アンネの日記、父の日記、そして、私のまだ真新しいノート。朝六時半、トランクを閉じて、家を出る。

黒いオーバーコート。ブーツを履く。ヨーロッパはなお寒いだろうか。首にマフラーを巻きつける。

いってきます。

一　ベルゲン・ベルゼン

死、北へ、キャンプ、墓、ヒース

1

一九四五年三月、ベルゲン・ベルゼンの強制収容所の水たまりの中へ倒れ、ひとりの少女が逝った。彼女はアンネことアンネリース・マリー・フランク。享年十五歳。発疹チフスに冒され、姉のマルゴーの死を追うようにして息絶えたという。マルゴーことマルゴット・ベッティ・フランクは享年十九歳。ふたりとも髪も身体中の毛も全て剃られ、痩せ衰えていた。

バラックには収容人数を遥かに超えた人が押し込められている。人々は餓えと渇きと寒さの中でただ何も為されぬまま次々と死んでいった。

収容所がイギリス軍によって解放される四月十五日まで、あと一ヶ月あまり。

二〇〇九年三月三十日　月曜日　晴天

スカンジナビア・エアラインSK984。デンマークコペンハーゲン経由、ドイツハンブルグ行き。ハンブルグ空港19時着。19時だけれど明るい。淡い光。北の匂いがする。北の空の色が好き。北へ行くとモテるのも好き。

空港のトイレで歯磨き。顔にパウダーを叩いて、唇にはリップクリーム。鏡の前で髪を梳かす。1.3ユーロの切符を買ってS1の地下鉄に乗る。シュタットハウスブリュッケ駅へ。

駅を出て後ろを振り向くと、ゴシック調の教会と高層ビルディングが並んで見える。道にはゴミひとつ見あたらずあたりは整然としている。清潔な街並。陽が暮れかけている。地図を片手にトランクを引き摺りながら道をまっすぐ進む。シュタットハウス橋を渡る。水面がやたらと近い。その両側には水から生えるみたいにビルディングが連なっている。鳥が列をなして空を飛んでゆく。

＋

ベルゲン・ベルゼン強制収容所はハンブルグから列車で一時間程のツェレという町からさらにバスを乗り継いで二時間程の場所にある。かくしてハンブルグに一泊し、翌日そこへ向かうことにする。

ハンブルグの街では、友人Cが紹介してくれたサシャの家に泊めてもらうことに。彼のアパートは緩やかな坂道を登りきった左手にある古い建物の三階。階段にはくすんだ赤の絨毯。サシャは、黒い縁の眼鏡を掛け、細身のジーンズを履いている。年は私と同じくらい。ぴたりとしたTシャツの胸には、大きく丸い瞳をしたアニメキャラクターがプリントされている。サシャはCとおなじくマンガ家で、ハンブルグの新聞にマンガを書いているそう。玄関の脇に靴を脱ぎ、木製の床の上を裸足で歩く。三人でルームシェアをしているそうで、右手には扉が三つ並んでいる。くすんだグリーンと白の漆喰の壁の廊下を進んだ、突き当たりの部屋へ案内される。

金の取手のついた木製の扉。それを開くと天井まで続く本棚が見えた。壁はいちめん本棚。ぎっしりと、ドイツ語の本が詰まっている。その真ん中に、ベッドマットときちんとたたまれたリネンがあった。

窓の向こうで、もうすっかり陽が落ちきっている。ガラス窓にサシャが、私が、本が、映りこんでいる。

サシャへあげる土産をトランクから取り出そうとする。ところが、旅一日目にして、トランク開かず。見ればどうやら、トランクは空港で投げられたのか角がすっかりへこんでいる。そのせいで噛み合わせの部分が引っかかっている模様。はなからトラブルである。先行きを思うと我ながら心配になる。トランクに馬乗りに跨がり十分程ひとりで四苦八苦。サシャがやってきて、初対面十分後にしてトランクが開かない旨を白状。サシャがさらに十分奮闘。しまいにはトランクにドライバーを突き刺すことに。ふたりで格闘。まさかはじめての人の家でこんな事態で世話になろうとは。最後に、もうこれはだめだ、とサシャがトランクを叩いたら、トランクがぱかりと開いた。

中に仕舞っていた小桜のかりんとうをサシャにあげる。

夕食はサシャがチーズの乗ったラザニアを作ってくれる。ズッキーニとパプリカとトマトのホワイトクリームソース。玄米茶。暫し歓談。彼の描いたマンガ本をプレゼントしてもらう。『インセクト』というタイトル、虫が主人公のラブストーリー。いま新聞に連載中のマンガも虫が主人公なのだとか。ぼくは、虫が好きなの、とサシャは言う。しばしマンガについて話す。

食後、部屋へ戻る。トランクは念のため、もう閉じない。

＋

ベッドマットに寝転んだら、うっかり眠ってしまった。

目がさめて時計を見たら23時40分。

誕を拭きながらキッチンへ行くと、サシャとルームメートのオーレがふたりでコーヒーカップで玄米茶を飲んでいた。オーレは大柄で少々年上に見える。玄米茶を啜りながら、ふたりはドイツ語で喋っている。

私が加わり、ときおり英語が混じる会話。

ふたりは私に、カフカ、ゲーテ、アンネ・フランク、その三人のことを、ドイツの学校ではどれほどまでに勉強させられるか、ということを教えてくれる。

カフカなんて、卒業する頃までにはもう、すっかり全部を知った気になってしまうほどなんだよね。

それから勿論、ナチス・ドイツと戦争のことも。


私は、私のいまいるこの場所が、ドイツであることを、ふっと実感する。

サシャやオーレのおじいちゃんや、おばあちゃんは、ナチス・ドイツの時をどう生きていたのだろうか。

ちょうど私の父が、祖父や祖母が、大日本帝国を信じて戦っていたその同じ頃に。

私は勇気がなくて、それをふたりに尋ねることができない。

＋

オーレが一冊の画集を見せてくれた。

『Das Buch des ALFRED KANTOR』アルフレッド・カントールの本。

精細なペンと水彩のドローイング。青と白の縞の囚人服を着せられた人。裸の人間たちの後ろ姿。ガス室の煙。小さなメモ書き。死体の山。

カントールはプラハに生まれ、テレジン、そしてアウシュビッツへ送られた。彼は収容所でスケッチをした、そのスケッチと記憶をもとに、絵は戦後ふたたび描かれたものだという。

白黒の映像でしか見たことのなかった強制収容所。それが、鮮やかな色彩を伴って、いま目の前の本の中にあった。

頁を繰ってゆくと最後には連合軍がやって来た様子が現れる。華やかな街と翻るアメリカ、イギリス、ロシアの旗。赤いトラム。ワンピースを着た女の人。街灯。その中にぽつりとひとり混じる坊主頭の縞模様の服を着た人。

そこには手書きの英語の文字でこう書き添えられている。

STILL IN OUR STRIPED CLOTHES BACK TO LIFE

Happy End
（生活へ戻る　私たちの縞模様の服をまだ着たままで
　ハッピーエンド）
あまりにくっきりとした青と白の縞模様。
華やかな街の雑踏に紛れる、頭を丸刈りにされた、縞模様の服のままの人物。そうか。戦争が終わっても、着替えの服なんてすぐにない、戦争が終わっても、髪はすぐに元通りに伸びたりなんてしないのだ。
軽やかな「ハッピーエンド」の文字が、これまで見たどの「ハッピーエンド」よりも重くのしかかる。
サシャが口を開く。
絵でこうやって見ると写真よりずっとリアル。いや、もちろんこれって全部リアルなことなんだけれど。
日本人の私と、ドイツ人のサシャとオーレは、いま、ユダヤ人のカントールの描いた絵を前にしている。私たちは、自分たちの気持ちをうまく言葉にできないまま、ただじっとその絵に見入る。

シャワーを借りて髪を洗い、パジャマのワンピースに着替え、おやすみを告げ、小さな部屋のベッドにひとり横になる。明日は早い。窓から差し込む薄明かりの中で、天井まで続く本の背を見上げてから、目を閉じる。背に書かれた文字はドイツ語で読むことができない。青と白の色が瞼の裏から離れない。

グーテ　ナハト。

おやすみなさい。

＋

真っ青な空に、白い雲が伸びてゆく。

その先ではまばゆい光が煌めいている。

それは真昼に輝く大きな流れ星のように見えた。

私は落下してゆくスペースシャトルのことを想っていた。

二〇〇一年、アフガニスタン空爆にはじまり、アメリカのブッシュ大統領はテレビ画面の向こうで繰り返し行なっていた。二〇〇三年二月一日。確かイラクへの空爆がはじまる直前のことだった。スペースシャトル・コロンビアが空中で爆発して燃えつきた。

私はその様子をテレビで見た。

それははじめテロではないかと疑われた。なぜなら、そこにはイスラエル初の宇宙飛行士、元空軍のイラン・ラモンが乗っていたからだ。彼は一九八一年、イスラエル「自衛」のためにイラクの原子炉を爆撃したイスラエル空軍機パイロットの一人だった。けれど、スペースシャトルはどんなミサイルも届かない高度の場所にあり、テロではなく事故であることがすぐに判明する。

七人の宇宙飛行士は全員死亡。

ラモンは一枚の絵を手にしていた。それは、十四歳の少年ペトル・ギンツがナチス・ドイツの強制収容所の中で描いた「月の風景」。

月から見た地球の風景。

手前には山のような恰好にぎざぎざとした地面が広がる。そして黒く塗りつぶされた空に浮かぶ、真っ白な地球。そこから見る地球は、丸く、国も国境もなく、陸と海の境だけがある。

ギンツ少年もまた、テレジンからアウシュビッツへ送られているが、彼はそこで殺されている。その絵は五十年以上の時を経て、ラモン宇宙飛行士の手により、実際に本物の宇宙へ旅立つことになった。ラモンの母親はアウシュビッツからの生還者だったという。

しかし、その絵もまた空の中で燃えつきた。

眩しいほど明るい光が白い煙の尾を引き、青い空の中を落下してゆく。その破片はテキサスとルイジアナに降りそそいだという。

ブッシュ大統領がまた、演説をしている。

コロンビア号が爆発した次の月、三月二十日、イラクへの空爆がはじまった。

その三日前、十七日には、イスラエル軍はヨルダン川西岸に続き、ガザ地区に侵攻。

＋

ギンツ少年が編集長として強制収容所内でナチスに隠れ密かに発行していた雑誌『ヴェデム（僕たちは導く・勝利する）』には「僕たちの自治会の発足宣言」が掲げられている。

「憎しみや、数多くの悪意によって一般の人間社会から引き裂かれた僕たちは、自分の心を憎しみや悪意で固めたりはしません。隣人への愛と、人種差別、宗教差別、民族差別への反対が、現在も将来も、僕たちのまず最初の法律になります！」

＋

二〇〇九年三月三十一日　火曜日　晴天

7時起床。ルバーブのジャム、黒パン、りんご、コーヒー、ミルク。

キッチンにてブルーの皿で黒パンを食べる。ブルーと黒のペンで朝食のテーブルをスケッチ。

トランクをおそるおそる閉じる。サシャと一緒にバスを二本乗り継ぎ駅へ。サシャがホームまで送ってくれた。

アウフ　ヴィーダーゼーン。

8時27分ハンブルグ発。ひとり、ツェレへ。

ピンクと水色の座席。列車の窓から外を眺める。

9時35分、ツェレ着。小さな駅、小さな町。

2

一九四四年十月のおわり、マルゴーとアンネはアウシュビッツからこの場所へ連れて来られた。アンネの身体は潰瘍と発疹に覆われており、他の人たちとおなじく髪はすっかり刈られ、薄い服を着せられている。

列車で五日五晩以上の移動の末、到着したツェレの駅からここベルゲン・ベルゼンの強制収容所へ至るまで、三〇キロの道のりをひたすら歩かされたという。そして、ようやく辿り着いた収容所には、もはや、食糧も、水も、秩序も、殆どない。

寒空のもとバラックにさえ入ることもできず、テントがあてがわれたが、それも風で吹き飛ぶ。結核、赤痢、発疹チフスが広がってゆく。

しかしそこで、マルゴーもアンネも四ヶ月あまりの月日を生き延びた。

小さなツェレの駅前にホテルはすぐに見つかった。こじんまりした安ホテル。大きな金色の鍵を手渡される。部屋のベッドにはピンクのベッドカバー。

受付でベルゲン・ベルゼン行きのバスの時刻表のコピーを貰う。しかし、時刻表の読み方がいまいち判然としない。とりあえず、荷物を置き、町の地図を睨みつつ、旧市街へ。公園の脇を十分程歩いたところに旧市街はあった。ピンクやブルー、黄色やグリーンの可愛らしい木組みの家々が建ち並ぶ。十六世紀に建てられた家もあるのだとか。「北の真珠」と呼ばれる、ツェレ。可憐な街。石畳の細い路地。獅子の紋章がところどころに。エストニア、タリンの街を思い出す。ともにハンザ同盟の街で、それがそのまま残っているから雰囲気が似ているのかも。

向かいの緑色の芝生の真ん中には小さな川が流れていて、丘の上には白い壁にオレンジ色の屋根のツェレ城が見える。ここでもまた建物と水面との距離が近い。天気がよく、明るい。川面には太陽の光が映りこんできらきらしている。

その向かいにバス停が幾つも並び、一番端がベルゲン行きのバス停だった。

バスは一時間に一本きり。バスを待つ間に、バス停脇の現代美術の美術館を少々見学。

ベルゲンの町へ到着。しかし、まんまと降りるバス停を間違えた。乗り継ぐべきバスが見当たらない。そんなときは、慌てず騒がず冷静に。とはいえドイツ語もできないし、タクシーも見つからない。とりあえず、バスが去って行った方向へ歩く。大通り沿いには小さなカフェ、軍用品を売る店。迷彩柄のズボンが並ぶ後ろのガラスが斜めに大きく割れていて、白いテープでとめられている。バス停の名前を頼りに道を探す。十分程で目的のバス停へと辿り着く。迷子には慣れているのだ、大満足。しかし、ベルゼン行きのバスは既に出てしまっている。時刻表によれば次のバスは一時間後。

道に立っているベルゼン３㎞という道路標識が目に入る。三キロなら一時間で歩けるかもしれない。歩くことにする。深い考えなしに、矢印の方向へと歩きだす。見渡すかぎり何もない、まっすぐな道。動物の匂いがする。歩く。とにかく歩く。トイレへ行きたくなる。しかし、引き返すにはもう遠くへ来過ぎたようだ。ベルゼン遠い。トイレを探そうにも、レストランどころか家の一軒もない。鳥のさえずり。次第に不安に。しかし荒野の真ん中に「belsen」という看板が現れる。とりあえず、道は間違っていないことが判明。四十分程歩いたところで、ベルゼンの町らしきものが見えはじめる。やっと家が現れる。人が住んでいる気配もある。庭には長く這ったロープ、色とりどりの洗濯物がずらりと並んでいる。その向こうに「Camp belsen」という看板を見つける。キャンプというからには収容所のことだろうと矢印を辿る。高い塀の壁が続く。しかし、入り口正門付近にはなぜか迷彩柄の戦車が。検問所があり、車が並んで出入りしている。まさかのここは、本物のキャンプ、つまり基地だった。砲撃の練習音が聞こえる。迷彩服に身を包んだ大柄の男の人に道を尋ねる。ナチスのキャンプは、ここから二キロ先だと指差して方角を示してくれる。戦車など見たこともない私は、こんなのどかな光景のど真ん中にひょっと現れた物々しいものに暫く見入る。とはいえ、トイレも限界。更に二キロかと思うと気が遠くなる。ベルゼンの家の前でちらと見かけたバス停へ引き返す。バスがこちらへ向かってやってくるのを発見。慌てて走る。走ったら、バスは停留所でもないところで、停まってくれた。飛び乗る。乗客は私ひとりきりだった。バスが走り出す。森のなかをまだ十分程走る。バスに乗せてもらえて助かったと安堵する。

しかし、アウシュビッツから移送された人々は、ベルゲンどころかツェレの駅で列車から降ろされ、ここまでの道のりを歩かされたのだ、ということに愕然とする。

1時20分、ベルゲン・ベルゼン強制収容所着。鳥が鳴いている。

＋

門を抜けると、右手にはモダンなデザインのミュージアム。道の両側にはずっと背の高い樹が茂っている。その合間の小道を抜けると、視界がぱっと開け、目の前に広大な真っ平らな土地が広がっていた。

いちめんに乾いた茶色の芝生、それから、まだ花をつけていないエリカの深い茶色がちょうど絨毯のような恰好に見える。ツェレを含むこの一帯は、ドイツのエリカ街道の北端に位置しているのだ。あともう少しすればこの一帯はエリカの花の赤紫色に覆われるだろう。エリカ。我が名前とおなじ故、毎年誕生日には母からエリカの花の鉢植えをプレゼントされる。小さな薄紫色の花が幾つも咲く。荒野に広がるそれは、いわゆるヒースである。

鳥のさえずり。本物の基地の方から聞こえてくる砲撃練習の音が大きく響く。

これが、ベルゲン・ベルゼン強制収容所の跡地だった。

建物はもういまは、ひとつもない。解放の後程なくして、伝染病の蔓延を防ぐため、建物は焼き払われた。

正面にはオベリスク型の塔。

そして、その広い足下を囲むように、ぽつりぽつりと墓が並ぶ。

ヘブライ文字が刻まれた墓がある。

アルファベットが刻まれた墓がある。

赤や黄色の花がところどころに供えられている。

石に石が積み重ねられている。

脇に、ここにある墓はただのモニュメントにすぎないという注意書きが添えられている。

ゆっくりと小道を歩く。

遠くをゆく人たちの影が小さく見える。

ベルゲン・ベルゼン強制収容所跡地

ナチス・ドイツ軍は崩壊間近で組織は混乱していた。そのうえ死者数の多さに、しまいにはもうその日付や名前が記録されることさえなかった。それぞれの遺体や遺骨がどこにあるのか誰もわからない。

それが墓が墓ですらなく、モニュメントでしかない所以だった。

深く巨大な穴の中へ裸の死体を次々と運んでは投げ入れてゆく、白黒の映像が残されている。

小道の緩やかな曲がり角に、私は、アンネとマルゴーの墓のモニュメントを見つけた。

墓石にはユダヤの星、二人の名前と年号が刻まれている。

MARGOT FRANK 1926-1945

ANNE FRANK 1929-1945

そしてヘブライ文字が続く。小石が幾つか積まれている。テディベアが墓に凭れ掛かるように置かれている。たくさんの花が供えられている。花輪に結びつけられた白に金色の縁取りのリボンが風に揺れている。花は赤いチューリップと黄色い水仙。咲きほころぶ花

モニュメントに供えられた花

に囲まれたその場所だけが、一足早く、もう春を迎えているようだった。実際、春と間違えているのか、そこだけは蜜蜂が飛び、花の蜜を吸ってまわっている。

それから、私は祈るかわりにスケッチをする。

風景を、墓を、墓の前に供えられた花を、石を、ひとつずつ、記す。

積まれた白く小さな石には、英語でメッセージが書き記されている。

Gone　But never　Forgotten　Peace and love　Sascha　Australia

(逝ってしまった　けれど忘れられることはないでしょう　平和と愛を　サアシャ　オーストラリア)

＋

ツェレの町へ戻る。旧市街をただひたすら歩き回り、町の中央にある広場のオープンカフェへ入り、自家製ソーセージとポテトのクリームスープと白パンとコーヒーを注文した。

それから、それをとにかく貪り食べた。

まだ旅は始まったばかりだというのに、はやくも憂鬱。

コーヒーを甘くして飲む。歯ぎしりしながらパンを齧る。ひたすら飲んで食べる。

石畳の広場の明るい陽射しの中を大勢の人たちが行き過ぎてゆく。

一体全体、その時代に生きていた人たちは、こんなにも無惨に人が殺されてゆくのを、いったい、どうして平気で見過ごすことなんてできたのだろう。けれどどうして、そんな事態を、誰一人止めることができなかったのだろう。そこに生きていた人々は野蛮人ではない。学校へ行って、本だって読んでいた。

私は憤りながら、クリームスープを、スプーンですくう。

学校へ行って、本を読むと、野蛮なんてめではないほど野蛮に、そして残忍で無関心になるのか?

しかし、今を生きる私は、それと全く同じ問いを後に投げかけられることになるのだろうか?

この時代に生きていた人たちは、こんなにも無惨に人が殺されてゆくのを、いったい、どうして平気で見過ごすことなんてできたのだろう。

けれどどうして、いま私たちはたったいま起きている事態を、誰一人止めることができないのだろう。

+

帰り道に通りがかったパン屋でチョコレートパンを買って、ひとりでそれをふたつも食べた。

ツェレ城のまわりを取り囲む芝生の上には、小さな薄紫色の花が咲き乱れている。夕暮れの淡い光が眩しい。公園の川沿いを歩く。川と地面が近い。

大きすぎる大人用の自転車に乗って走る黒い髪の十歳くらいの女の子が何度も私を追い越しては立ちどまり、私が追い越すとまた追い越しては、私に向かって笑ってあいさつしてくれる。

ホテルの部屋へ戻る。ニューヨークの友達とスカイプで電話。トランクを叩いたら今度はいとも簡単にぱかりと開いた。日記帳たちがぽろりと覗く。

＋

一九四四年七月十五日、土曜日

親愛なるキティーへ
［…］
じっさい自分でも不思議なのは、わたしがいまだに理想のすべてを捨て去ってはいないという事実です。だって、どれもあまりに現実ばなれしていて、とうてい実現しそうもないと思われるからです。にもかかわらず、わたしはそれを捨てきれずにいます。なぜならいまでも信じているからです——たとえいやなことばかりでも、人間の本性はやっぱり善なのだということを。

わたしには、混乱と、惨禍と、死という土台の上に、将来の展望を築くことなどできません。この世界が徐々に荒廃した原野と化してゆくのを、わたしはまのあたりに見ています。つねに雷鳴が近づいてくるのを、いつの日かわたしたちをも滅ぼし去るだろういかずちの接近を、いつも耳にしています。幾百万の人びとの苦しみをも感じることができます。でも、それでいてなお、顔をあげて天を仰ぎみるとき、わたしは思うのです――いつかすべてが正常に復し、いまのこういう惨害にも終止符が打たれて、平和な、静かな世界がもどってくるだろう、と。それまでは、なんとか理想を保ちつづけなくてはなりません。だってひょっとすると、ほんとにそれらを実現できる日がやってくるかもしれないんですから。

じゃあまた、アンネ・M・フランクより

アンネがそう日記に書き記してから一年と一月の後。
一九四五年、昭和二十年八月十五日。第二次世界大戦は日本の敗戦をもって終結した。
日本はポツダム宣言を受諾。無条件降伏。

昭和二十年八月十五日　水曜日　晴

朝九時頃から仕事があった。十二時十五分前重要なる放送があるといふので全員朝礼の位置に集合。時報の後放送有り。拡声器が悪くて少しも解らない。何か詔書みたいな物を読んでるらしいと思つた。想像通り露国に戦宣の大詔が下つたのだらうと思って頑張るぞ！と手を握りしめた。處《ところ》が「戦局我に利あらず」とか「勝算既に難し」とか云ふ言語が聞えた。和平！講和！といふ声が波の様に聞える。詔書らしいものの前後に「君が代」の奏楽があったがスピーカの調子か處々切れ切れになつた。音が聞こえないと同時に気が遠くなる様な気がして思はずフラフラと二三歩よろめいた。血液が頭から無くなって行くような気がする。茫然自失とはこの様な事を云ふのだらう。しかしニュースがはつきり聞えなかつたことにまだ一筋の希望があつた。今講和したとすれば我国に取つて良い条件である筈が無い。おまけに露国迄がのさばつて来て居る。講和といふ事がほぼ確実になって来た。はつきりした情報を集め次第通達すると云ふ事になつて解散。いつもうまい昼飯も咽喉を通りにくい。昼からは独りで「不利な講和」といふ事にして飛行機に触らぬ事に決心した。絶対的にさぼつたが皆が一生懸命仕事をしてるのに何だか済まない様な気もしてあんな決心をせねばよかつたと思つたが皆に公言した手前出来もせずつまらぬ二時間を送つて待望の三時になつたのでニュースを聞かうと寮の事務に泉のタンチと一緒に行つた。四高生が一人「今終つた處だ」と云つて彼の聞いた處を聞かせて呉れた。ポツダム宣言とか何とか云ふのを承認して講和といふ事になつた。今日はお盆で慰霊祭の為五時終業といふ事になつて居たがこの報道の通《つた》はると共に四時頃には皆作業をやめて三々五々集まって憶測に余念がない。五時終礼の際係から二日間謹慎等々七ヶ条が伝へられた。

一、二日間謹慎
一、外出禁止
一、言動に注意すること
一、工場防衛に細心の注意を払ふこと
一、右は岩井隊（工場勤務の兵隊）にまかすこと

である。

講和は真実だ！真だ！嗚呼泣いても泣き切れない。死ぬにも死ねない。夕食を喰ひ力無く寮に帰ってボヤッとして六時半迄寝転んで居た。［…］

＋

敗戦のその日、父は富山県井波の飛行機工場にいた。父、十六歳、旧制第四高等学校一年生。父の仕事は、最速の軍偵察機新司偵《しんしてい》の機体に、エンジンを取りつける作業だった。エンジンは偶然にもこれまで金沢一中の勤労動員で作らされていた代物だった。

飛行機は月産六十台。しかし、そのうち半分は試験飛行でパイロットもろとも墜落しその大方は死んだという。

父の父、つまり祖父は、金沢に祖母、父、父の弟、の家族と遺言状を残し、第十七師団軍医としてラバウルにいた。
父司は十六歳、祖父滋は四十七歳、祖母冨美子は三十八歳、父の弟昭は九歳。

＋

一九四五年八月六日広島に、八月九日長崎に原爆が落とされる。
八月八日にはソ連が日ソ中立条約を破棄して日本に宣戦布告。ソ連軍が満州へ攻め込み関東軍は壊滅的な状況に。

＋

シャワーを浴びてベッドに入る。窓の向こうにツェレの街のレストランのネオンが見える。車の光が通り過ぎてゆく。

＋

二〇〇九年四月一日　水曜日　晴天

6時起床。テレビをつけて、ベッドで白パン、ストロベリーヨーグルトの朝食。ツェレ駅へ。プラットホームからの朝の光がきれい。7時20分ツェレ駅発ユルツェンへ。そこで列車を乗り換えベルリンへ向かう。9時32分ベルリン着。

二（ベルリン）

ホメロス、境界線、天皇崩御、結婚記念日

一九四五年五月八日、ナチス・ドイツ降伏。日本降伏より三ヶ月と七日前のことである。四月三十日、首都ベルリンにてナチス・ドイツ総統アドルフ・ヒトラーは、愛人エヴァ・ブラウンとひそやかな結婚の儀式の後、共に地下壕で自殺。

その二日前の四月二十八日、ナチス・ドイツの同盟国イタリアのムッソリーニが愛人のクラレッタ・ペタッチと共に捕らえられ、逆さ吊りの死体がイタリアミラノの広場に曝されている。

＋

窓から明るいブルーと黄色のサーカスのテントが見えた。線路脇のコンクリートの壁はグラフィティーで埋め尽くされている。列車はベルリン中央駅へと滑り込む。ベルリン中央駅はガラスと黒い骨組みのドーム状のモダンな建築。四年前のサッカーのドイツ・ワールドカップと同時にオープンしたそうで、まだ真新しい。

ベルリンにて数日を過ごしてから、ポーランドへ入りクラコフに近いアウシュビッツ強制収容所そしてアウシュビッツ・ビルケナウ強制収容所へ向かうことにする。いずれにせよ、クラコフまではここからさらに十時間。一日で移動するには少々遠すぎる。そこで、暫しこの街に留まることにする。

＋

一九四五年四月二十五日、ナチス・ドイツの首都ベルリンはソ連の赤軍により完全に包囲されていた。ナチス・ドイツ軍が各地で敗走をするなか、遂にベルリンは市街戦へと突入。ソ連の砲撃が続く。女たちは赤軍に見つかればその多くは強姦され、廃墟となった街のあちこちに負傷兵と死体が溢れる惨状だったという。

ヒトラーはもはや追いつめられていた。側近たちの国外逃亡、処刑が続く。ベルリンから逃れられなかった兵士たちは金色の天使の塔、ジーゲスゾイレに立て籠り、最後の戦闘を繰り広げた。その弾痕はいまもそこに残る。

中央駅からS7でアレクサンダープラッツ、そこからUバーンに乗り、シュピッテルマルクトのモーテルへ。古い街並を抜けると、突如ぽっかりと空き地が現れる。真向かいではクレーン車が頭を覗かせ建設工事をやっている。11時モーテルに荷物を預け、トイレで化粧を直し、スニーカーをブーツに履き替えてから、カフェでコーヒー。

ベルリンは友人の紹介でダニエルが街を案内してくれることに。ダニエルはデンマーク生まれパリ育ちのアーティスト。多くのアーティストたちと一緒に彼もまたベルリンへ移住してきたくちだ。

彼はオレンジ色のおんぼろの自転車に乗って口笛を吹きながら私を訪ねてきてくれた。自転車をとめて、中心部へ向けて一緒に歩く。旧東ベルリン地区のミッテは裏通りを歩くと、どこもまだあちこちが工事の真っ最中だ。

クンスト・ヴェルケ現代美術館へ。そしてそのそばにある「水泳場」という名の洒落たオープンカフェへ。朝食セット。コーヒー。パン。ゆで卵。チーズ四種類。サーモンと西洋わさび。ハム三種類。ローストビーフ。サラダ。オレンジ。ぶどう。バナナ。カプチーノ。英語でお喋り。メニューはドイツ語。

ウンター・デン・リンデン、菩提樹の下、並木が続く大通りを歩く。

隣を歩いていたフランス人の子どもたちが、ハーゲンダッツの看板を指差して、ハーゲンダッツのアイスを本場で食べなくちゃと喋っている。ダニエルがひそかにそれを聞きつけ、ハーゲンダッツはアメリカの会社だよね、と私に耳打ちして笑う。

その後、ブランデンブルグ門を観光。一緒に記念撮影。門を抜けたところで、金色の天使が見えた。ジーゲスゾイレ、戦勝記念塔。ヴィム・ヴェンダースの映画『ベルリン・天使の詩』で天使が座る場所。そのまま脇道へ進む。

そこで四角い石が波うつように一面に並ぶ広場にぶつかった。ナチス・ドイツにより虐殺されたユダヤ人犠牲者のためのモニュメント。ホロコースト記念碑。建築はピーター・アイゼンマン。

二七一一個の灰色の四角い石が見渡すかぎりに広がる。地面もまた波うつように傾斜し、そこに高低様々な石が立ち並んでいる。その隙間は人がちょうどひとり通れる回廊のようになっている。そこを歩く。灰色の迷路に閉じ込められたような閉塞感。私はすぐさま息苦しくなってそこを抜け出すが、ダニエルはずっと真ん中の方をひょいひょいと歩いて見て回っている。広場の端の方では、若者たちがその石の上に腰掛けたり寝転んだり、携帯電話を片手にお喋りや日光浴をしている。戦争の傷痕、静粛なモニュメント、暢気な日常のお喋りが、ベルリンの街のど真ん中で混在している。

その向かいの公園の中にエルムグリーン&ドラグセットというアーティストが制作した、ナチス・ドイツによって虐殺された同性愛犠牲者のためのモニュメントがあるというのでそれを見にゆくことにする。広い公園の中を歩き回るがなかなか見つからない。ようやく見つけたそれは、灰色の石のモニュメントで、その中を覗くとモニタに映された映像の中で男の子と男の子がキスを続けていた。ホロコーストの巨大なモニュメントの陰で、それはぽつりとひっそり佇んでいる。

公園からポツダム広場へと抜ける。ホメロスと天使が並んで歩く、何もない空き地だったそこには、今、きらびやかな高層ビルが天まで届く程に建ち並んでいる。

道の真ん中で観光客が群がり写真を撮っている。

そこにはグラフィティーにまみれた壁があった。ベルリンの壁の一部が残されているのだ。旧東ドイツの制服を着た男二人が観光客相手に土産物を売っている。私も一緒になって写真を撮る。ベルリンの壁を砕いた小さな石のキーホルダー。

足下のアスファルトの地面を見ると、白い線が引かれ延びている。その線の上に、かつての西と東を隔てる壁があったのだという。

白線の上を、爪先立ちでまっすぐに歩く。

それから、私は境界線を軽々と飛び越える。

＋

一九八九年十一月九日、ベルリンの壁は二十八年の年を経て崩壊。

二十年前のその日、私は十一歳、小学校六年生で、テレビの向こうにその様子を見た。

夜の闇の中、色とりどりのグラフィティーに埋め尽くされたその壁は、人々の手でまさに壊されていた。大きな金槌を振り降ろして壁を叩き崩す人。チェーンソウの火花が眩しい。壁の上に若者たちが跨がっている。

壊された壁の、開かれたフェンスの、向こう側とこちら側から人々は流れこみ、壁のあちらとこちらを行き来する。人々は互いに抱き合う。涙を流す。歓喜の声があがっている。

私は何が起きているのか全くわからなかった。

ただ、その興奮になぜかそわそわして気持ちがざわついた。

＋

かつてベルリンの壁があった場所を辿るようにツィンマー通りを歩く。チェックポイント・チャーリーと壁博物館を過ぎる。今はもう誰も東と西の行き来を阻みはしない。記念撮影。5時、モーテルへ戻る。ダニエルとロビーで別れる。ダニエルはこの旧東ドイツのシュピッテルマルクトから旧西ドイツのコットブッサー・トールへ、れいの自転車に乗って口笛を吹きながら帰ってゆく。

部屋でしばし荷物の整理。メールチェック。夜はUバーンに乗り、ローザ・ルクセンブルグ・プラッツ駅の近くを散策する。洒落た洋服屋が幾つも並んでいたが、時間が遅かったので店は閉まっていた。ウィンドウ越しにきらびやかな洋服を見る。友人に勧められた店、メドヒェンイタリエーナへ。白と明るいブルーを基調にしたイタリアンの店。松の実のジェノベーゼ。ビール。テーブルの下にあった読めもしないドイツ語の新聞を捲る。隣ではカップルがパスタを食べながら赤ワインを飲んでいる。窓の向こうには、星をかたどった小さな電飾が瞬くのが覗いて見える。星をスケッチ。

＋

思えばその年、一九八九年は、実に数奇な年だった。

新年は、昭和天皇の日増しに悪くなってゆく容態を伝えるテレビ放送とともに、はじまった。おめでたいはずのお正月は、赤と白ではなく、白と黒の色調だった。

朝から晩までテレビをつけるたびに、下血の量と輸血の量、下がってゆく血圧、体温、脈拍が示された。下血という言葉をはじめて聞いた私は、その血が口から出るのか、尻から出るのかわからず、あらゆる場所から血が出ることを想像しては恐ろしくなった。

私たちは、ひとりの人間が、刻々と死に近づいてゆく様を、見せつけられていた。しかし、そんなことにさえ、次第に慣れてゆく。繰り返される報道に、いつしかもう、私は下血というやつが結局どこから出る血なのかわからないまま、それを気にかけなくなった。テレビ番組は自粛のおかげで、お笑いも歌もＣＭもなくなった。

かわりに、昭和天皇の病気平癒を願う記帳をするため、皇居へつめかける人々の様子が放映された。あちこちに設けられた記帳場には大勢が列を成して、名前を書いた。

祖母もいそいそとそこへ出かけて行った。父はそのことに酷く憤慨していた。

昭和天皇。つまり、陛下裕仁。それは私の父が十六歳の八月十五日、ラジオで聞いた玉音放送の声の主であった。

一月七日。昭和天皇崩御。

祖母は、かつて神だったあの方が逝ってしまわれた、と歎いた。

父は、あいつのせいで奪われた人は、時間は、俺の青春は、もう戻ってこないんだぞ、と吐き捨てるように言った。

私は単調なテレビ番組にすっかり退屈していて、姉と一緒に、近所のレンタルビデオ屋へ出かけた。店はかつてないほどの賑わいだった。なぜならテレビは崩御のニュースと昭和を振り返る特集ばかりで、大方の人たちも私と同じように退屈していたのだ。

昭和が終わる。

それから、そのおなじ日の午後、「平成」という元号が華々しく発表された。

+

ホテルへ戻る。シャワーを浴びて、ベッドに潜り込む。テレビをつけたらおっぱいを丸出しにした女の人が首からヘビをぶら下げてクイズに答える番組をやっていた。しばらくそれを観る。真っ暗な部屋の中で、テレビの光が青い。
私の泊まるこの場所も、かつては東ドイツだったのだ。壁が存在した時代、こんな風にふたたび西や東を散歩や夕食のたびにあたりまえに行き来できる日が来ることを、いったいどれくらいの人が想像できただろう。
窓の向こうへ目を遣ると、夜なのに空はぼんやり明るくて、ベルリンのテレビ塔のタワーが見えた。そうしながらふっと今日がエイプリルフールだったことを思い出す。嘘をひとつもつきそびれた。

昭和二十一年四月一日　月曜日　快晴　温（四月馬鹿）
午前中日向ぼっこ。午後犀川岸へ蓬を摘みに昭と行った。丼に一杯位。それも主に昭が取った。

なぜ　僕は僕で　君でない？

なぜ　僕はここにいて　そこにいない？

『ベルリン・天使の詩』のモノローグ。

二〇〇九年四月二日　木曜日　晴天

朝食。コーヒー、ミルクティー、サーモンと西洋ワサビ、チーズ、黒パン、フルーツジュース、ストロベリーヨーグルト。ホテルのセットだと思い込み、地下のレストランでうっかり朝食を食べたら9ユーロも取られた。不服。そんなに高いなら街のカフェで朝食を食べたかった。街を歩く。ミッテのオープンカフェでホットチョコレート。赤いテーブルクロスに赤い花。日記を書く。まぶしい光。あたりを歩いてまわっていたら昨日のクンスト・ヴェルケの裏へ出る。近くのギャラリーで展示を見る。古着屋にあったリボンのついた白いブラウスが可愛かった。

5時、コットブッサー・トール、ダニエルのアパートの前で合流。あたりはトルコ人街。団地が並ぶ。ダニエルの友人の家でバーベキューパーティーがあるというのでそこへ一緒に行くことに。近くのスーパーマーケットでラム肉を買う。川を越え、彼の友人の住むフラットへ。部屋の主はドイツ人の女の子とノルウェー人の男の子のアーティストのカップル。エレベーターはなく階段をのぼった最上階の7F。息切れするが眺めは最高。引っ越したばかりだとか。家具はまだなにもない。しかも、広い。キッチンの他に三つも部屋がある。バルコニーにバーベキューセットが置かれており、そこでソーセージ、パプリカ、なす、マッシュルームを焼く。ダニエルは焼き肉奉行。几帳面に網の上にそれらを並べている。ラム肉、ソーセージ、オニオン、パプリカ、ポテト。クスクス、シーザーサラダ、ビーツのサラダ。ビールとアクアヴィータ。たくさんお酒を飲む。

団地と樹々の向こうに次第に夕陽が沈んでゆくのが見える。

ノルウェー、スウェーデン、イタリア、フランスからここへやってきている男女が十人程集まっている。ノルウェー語と英語が入り交じる。スカンジナビア半島は物価が高いのでアーティストが大勢ベルリンへ移住しているのだという。どこのドイツ語教室がよいかから、家賃の話、それからなぜか、ペニスという名前の植物があるのだという話まで。ペニス、なんでも花まで咲くのだとか。アクアヴィータ片手にみんなで煙草を吹かす。

デザートは手作りの見事なチョコレートケーキとシトローネケーキ。それからコーヒー。コーヒーカップは白に銀色の花模様が入った揃いのもの。おばあさんの代からのものだとか。23時、ダニエルと共に部屋を出る。ベルリンは最高の場所だけれど、毎日がこんな調子だから少しも仕事ができないのが難点だ、とはダニエルの言。実際今日はまだ木曜日だというのにこの調子なのだから、全くもってその通りだろうと私も大いに同意する。ダニエルとは地下鉄の駅でハグして別れる。

Uバーンに乗り、それから夜道を歩いてモーテルへ戻る。あたりはしんと静まり返っている。空を見たら月が見えた。

＋

東西ドイツが再統一を果たしたのは、一九九〇年十月三日。

私が小学校を卒業し、中学一年生、十二歳の年の秋のことだった。

それは、ちょうど父と母の結婚記念日だった。

東西ドイツが再統一の喜びに沸いているその同じ頃、私は結婚祝いにと食卓にあがったトップスのチョコレートケーキを食べ過ぎて鼻血を出していた。鼻の穴に捻ったティッシュを詰め込んだまま上を向く。喉の奥へ血が流れ込んでゆく味がする。

その頃の私は、チョコレートを食べても、暑くても、寒くても、何もせずとも、とにかくしょっちゅう鼻血を出した。真っ赤な血がぼたぼた落ちて、ティッシュに指に喉に、纏わりついた。私はひとり天井の木目を数えながら、きっともう白血病で死ぬに違いない、と感傷的な気持ちになった。

しかし私は白血病でも病気でもなんでもなく、それから程なくして初潮を迎えることになるのだった。

ベルリンは、東西ドイツの首都になった。

三　アウシュビッツ／アウシュビッツ・ビルケナウ

列車、靴と鞄、煙突、白い煙、芝生の青

1

一九四四年十月二十八日、ベルゲン・ベルゼン強制収容所へと向かう列車の中には、アンネと姉のマルゴーが乗せられていた。家族は離ればなれで、姉妹はふたりきりになっていた。列車に乗る時、つまりアウシュビッツ・ビルケナウ強制収容所で、母のエーディトと引き離されたのだ。残されたエーディトはそこで翌年の一月六日衰弱死。その毛布の中からは夫に食べさせようと隠し持った幾つもの固くなったパンが出てきたという。享年四十四歳。

連合軍の前線は近づいていた。ナチス・ドイツはガス室を爆破し、資料などの証拠隠滅を図りながら、北へ撤退をはじめていた。収容者は列車に詰め込まれ、北へ送られる。微かに敷かれた藁と、殆ど与えられることのない水と食糧。餓えと寒さと湿気に震えあがる。列車は幾度も迂回や停車を繰り返す。爆撃を避けながら進んでゆく。そしてそれは五日五晩続いたという。

二〇〇九年四月三日　金曜日　晴天

6時起床。ベルリン中央駅へ。クロワッサン、コーヒー、フィッシュ・サンドを買い、遅れてはいけないととにかくホームへ。ところがフィッシュ・サンドを頬張っているうちに、気づけば列車の発車時刻9時45分を過ぎている。ホームは間違いのないよう三度も四度も確認したはずなのに、と青ざめる。先ほどまで出ていたクラコフという掲示ももう出ていない。またもややってしまった、まさかの長距離列車を乗り過ごすとは、と唖然とする。慌てて駅員に尋ねたら、列車は大分遅れているのだとのこと。それから三十分近くもホームで待たされる。私の前にはヒョウ柄の襟がついたコートを着て黒いトランクを抱えた中年の女の人が腕組みして立っている。手には黒い革の手袋。くすんだ金色の髪を後ろでひとつに三つ編みして、そこからこぼれる髪が襟元で揺れている。黒い革のジャケットを着た男の子が私の脇で舌打ちをする。列車は四十分遅れで到着。ドイツ、ベルリン発、ポーランド、クラコフ・グウブニ行き。

約十一時間にわたる、列車の旅のはじまりである。

列車の窓の向こうに流れてゆく景色を見る。団地が続く。ピンクや淡いグリーンの壁。それから、樹々。畑。チップスを食べる。ソルトとヴィネガー。車内販売でコーヒー。しばらく走ったところで車掌が切符を調べにやってくる。私はプリントアウトした電子切符を差し出す。スタンプが押される。

二つ前の席のおじいさんは切符が見つからない様子で、違う紙を差し出してみたり、ポケットをあちこち探してみたりしている。それを一度ならず、車掌が来る度に、二度三度と繰り返している。まわりじゅうの人たちが、きっぷ、きっぷ、とドイツ語とポーランド語で繰り返し言っている。しかし、惚けているのか、無賃乗車か、いっこうに切符は出てこない。遂には車掌に連れて行かれそうになるが、隣の席の男の人が金を払ってあげていた。ところが、その後ふたたび車掌が来ると、また切符がない。おなじことの繰り返し。本人だけはなんら動じる様子もない。

窓の向こうの景色の色が次第に変化してゆく。禿げた樹にマリモのようにして緑色の葉が丸くなって幾つもついている。奇妙な光景が続く。

ポーランド国境でパスポート・チェック。言葉がドイツ語からポーランド語に変わる。ポーランドの駅は全てに靄がかかったようなくすんだ色合い。ホームの椅子のブルーも、荷物鞄の赤も、どことなく灰色がかって見える。列車に乗り込む人たちの金髪も心なしかくすんだ金色に見えるのは光の具合か何なのか。ちょうど日向の明るい場所で太陽がすっと雲に入ったときに見る色彩。

水を全部飲んでしまい喉が渇いたので車内販売でコーラを買う。お金がユーロではなくズロチにかわる。ズロチを持っていないので、ユーロで払う。日記をつける。退屈して、しばらく眠る。目が覚めてもまだ到着しない。十一時間は途方もなく長く感じる。

+

陽が次第に暮れてゆく。カトヴィツェを過ぎる。

あたりはいっきに夜闇に呑まれてゆく。家の光も街灯もあまり見えない。車内の蛍光灯がぽっと並んで窓に映りこむ。

途中駅でもない場所で列車はしばらく停車している。少し進んではまた停車する。列車が停まるたび、これから強制収容所へ向かうのだと思い知らされているような気がして、ぎくりとする。

後ろの席の人は、ただでさえ列車が遅れているのにと、いらいらしている。

しかし程なくして私の乗っている列車は何ごともなかったかのごとく、ふたたびゆっくり走り出す。

結局、一時間十五分遅れで、23時クラコフ着。

クラコフの駅の階段を降りると、もう夜だというのに駅の構内はバックパッカーや若者たちで賑わっていた。ホステル案内の仮設窓口が設けられ、若い女の子が三人ピンクのぴたりとしたTシャツ姿で宿を案内している。

駅を出て巨大な広場の真ん中で後ろを振り返ると、駅の建物の屋根には、鮮やかに青い電飾で KRAKÓW GŁÓWNY の文字が見えた。

駅前にはH&Mの看板が光るガラス張りの真新しい巨大デパートメントストアが並んでいたが、地下道を抜けて公園の中に一歩足を踏み入れると、ライトアップされた城と、石畳の道が続いて見えた。

旧市街は第二次世界大戦で爆撃をまぬがれ、世界遺産にも登録されている古都。

クラコフには無事に到着したものの、着いたそうそう道に迷う。荷物も重いので念には念を入れてと、ホステル案内をしていた女の子たちに地図を貰ったにもかかわらず、迷子である。どうやら敗因は、その距離感。クラコフの通りは思いのほか広く、街は思いのほか大きい。宿は地図上ではすぐ駅前といった様子だったのであるが、実際は十分歩いてもまだ着かない。駅前の公園の中を右往左往、腹も減った。治安が悪そうに見えないことだけが幸い。城の周りをトランクを引き摺り幾度も行ったり来たり。

道を尋ねながら、ようやく中央マーケットへ辿り着く。

マーケットは観光客で溢れ賑やかで、あちこちで灯るライトもきらびやか。そのすぐそばに本日の宿はあるはず。マクドナルドの角から反対の道の突き当たりまで、一〇〇メートル程の道を三往復する。地図の矢印はそこを指している。しかし、どうしても宿が見つからない。倹約しようとホテルでもモーテルでもなくホステルを予約したことを早くも後悔しはじめる。そもそも一泊十五ユーロという恐ろしい安さに惹かれたのが間違いだったのかもしれない。

四往復目、道の片側に「ファウスト」という名前のホステルを見つける。いっそのこと、もうこのまま「ファウスト」に泊まりたいという考えが頭をよぎる。しかし、「ファウスト」とは不吉な名前な気がして、素直に今晩のホステルの場所を尋ねるだけに留める。地図を開いて聞けば、やはりこの道沿いにあると言う。仕方なくもう一度おなじ道を戻る。よくよく目を凝らしてみれば、イタリアンレストランの入り口だと思っていたその奥にホステルの小さな看板と階段を発見。やっとのことで辿り着く。ロビーは思いのほかこぎれいだ。受付の女の子に案内され六人部屋の扉を開ける。その途端目に飛び込んだのは、蓋が開け放たれたトランクから洋服が飛び出し、ベッドの脇にタオルがぶらさがり、床に男もののスニーカーが転がっている光景。

まさかとは思うが、我がベッドはその一番奥、二段ベッドの上の段。なんだか凄いところへ来てしまった気がする。六人部屋で男女共同。とりあえず夕食を食べに外へ出る。

確かに立地は悪くない、と広場のマーケットの屋台へ。皿からはみだす程の大きさのソーセージとザワークラウトを山もり、それから白パン二切れ、それから、ビール。幸せ。屋外のベンチに腰掛けそれを食べる。ユーロしか持っていなかったのであるが、ユーロで買ったらズロチでおつりをくれた。一ズロチがいったい幾らなのかわからず、ポーランドのガイドブックを忘れてきたことを大後悔。

向かいのテントではイースターに向けて、卵の飾り物やバスケット、土産物などが売られている。プラスティックのフォークとナイフでソーセージを食べる。目の前ではルネッサンス式の織物会館がきらびやかにライトアップされている。

+

ホステルへ戻り、共同のバスルームで顔を洗って鏡の中を覗き込む。口のまわりから顔全体にかけてかさかさに乾燥しはじめている。よく見ると、どうしたことか、小さな蕁麻疹みたいなものができている。ひりひり痛い。一昨日から肌の調子がおかしいとは思っていたが、遂にそれは確実になった。もしや、いつも使っているクリームと違うものを持ってきたから、それにかぶれたのか、あるいは空気が乾燥しているからか。それとも、旅の緊張のあまりのことか。鏡の中の自分の顔を見つめては、一心に、頬にオイルをすり込んでみるが、すぐに効果があらわれるわけではない。肌が荒れるとそれだけで女子としてぐんと落ち込む。二段ベッドに昇る。階段はぎしぎし音を立てて揺れる。随分と天井が近い。縮こまって眠る。

+

二〇〇九年四月四日　土曜日　晴天

８時起床。朝目が覚めたら向かいのベッドには黒人の男の子が、下のベッドには巨大な白人の男の子が大の字になって眠っている。ベッドの脇には脱いだパンツが転がっていて、私は思わず笑ってしまう。

キッチンへ。朝食は自由に食べてよいらしい。インスタントコーヒーをいれる。パンを焼く。窓際でひとり朝食。パンにはブルーベリージャムとチーズ。英字新聞が置かれてあったのでそれを捲ってひとしきり眺める。

共同のバスルームの鏡を覗き込む。化粧をしてみるがかえって肌荒れが目立つ。仕方なくマスカラだけつけて、オイルを肌にすり込む。

お金をズロチに換える。今日はクレパシュのマーケットへ行く。そのすぐそばにある古着屋でレースを三枚、文房具屋で黄のリボンとバラのリボン、色紙やカードを購入。美しい街をひとしきり楽しむ。
それからのろのろと駅へ向かう。
アウシュビッツへと向かう足取りは重い。

2

一九四四年九月アンネ、マルゴー、そして母エーディトはアウシュビッツ・ビルケナウの収容所「女性ブロック29」へ入れられる。洋服を脱がされる。髪から陰毛まで全ての毛を剃られる。そして、左の腕に番号を刺青される。

父オットーはここで家族たちから引き離され、アウシュビッツ第一収容所へ収容されることになる。そして、それは、彼が三人を見た最後の時になる。永遠に彼らは再会することはない。

＋

白い煙が立ちのぼっては消えてゆく。アウシュビッツ行きのバス乗り場へ向かう途中、歩き煙草をしているおばあさんとすれ違う。背の曲がった彼女は片手に杖を持ち、もう片方の手で煙草を持ち、それを吹かしながらゆっくりと私の目の前を過ぎてゆく。鼻と口の両方から、同時に煙草の煙を吐き出している。煙がゆらりと立ちのぼる。そしてそれは明るい光の中に消えてゆく。

私はそのおばあさんの姿を目で追う。アンネが生きていたら、あのくらいの年だろうか。

クラコフ。詩人ヴィスワヴァ・シンボルスカの街。彼女は八十五歳になるいまもこの街に暮らすという。その詩集で見たポートレート写真は、花柄のブラウス姿で片手に煙草を持っているものだった。詩集のタイトルは KONIEC I POCZĄTEK『終わりと始まり』。

駅のバスターミナルからバスに乗り込む。地下の8番停留所。バスというよりバンである。10ズロチでおつりがくる。乗客は各々買い物袋や携帯電話を手にしている。私は窓側の席に腰掛ける。十五、六人程が乗り込んだところで満員になり、バスが走り出す。窓からは強い陽射し。かさかさになった肌がじりじり痛い。パーカーのフードを被り、ひたすら俯く。

ときたま視線をあげ窓の外に視線を遣ると、明るい光の向こうに飛行機雲が伸びている。

オシフェンチムの町、アウシュビッツへ。一時間三十分。

＋

そのバス停で降りたのは私ひとりだった。

目の前の歩道では子どもたちがサッカーをしている。ポニーテールをした女の子は階段に腰掛け、頬杖をつきながら、それを眺めている。レンガづくりの家がずっと向こうまで建ち並んでいる。その屋根には幾つもの煙突と、十字架。

ピンクや黄色のカラフルな壁の団地を過ぎたところにある、ちょっとした住宅街の真ん中。

フェンスが張り巡らされた小さな裏口の扉をくぐる。

するとそこはもう、アウシュビッツ強制収容所の敷地だった。

＋

黒い縁に彩られた看板を辿り、ミュージアムの建物の入り口を抜ける。中庭の芝生が広がって見えた。

その青さがあまりに眩しい。思わず息をのむ。その向こうには鉄条網が見える。そして、その奥には射殺場。

「ARBEIT MACHT FREI」という文字がついた、かの有名な門をくぐる。「労働は自由をもたらす」。

門の前で大柄な男の人が二人並んで記念撮影をしている。向こうからは、リュックサックを背負いカメラを首からぶら下げた女の人が門をくぐり抜けてこちらへやってくる。ゆっくりと、私たちはすれ違う。私たちはいま、髪も長いままで、暖かい洋服を着て、のんびりと、この門を自由に行き来するのだ。

門の脇には緑の葉を広げた大きな樹がある。かつてそこには人が縛りつけられて殺された。その脇には鉄条網。高圧電流が流されていたそこには感電死した人たちの死体がぶら下がっていた。

絶滅収容所と呼ばれガス室を備えたこの場所で、人々は働けど、自由はもたらされない。振り返ると「ARBEIT MACHT FREI」の文字が裏側から見える。

レンガづくりの建物がずらりと並んでいる。

＋

建物はひとつひとつの部屋が展示室になっていた。

廊下にずっと続いて並ぶ顔写真。その一枚に小さな花が供えられている。家族や知人が供えたものか。そもそも、アンネとおなじ年に生まれた私の父は、いまもなお元気なのだ。

この収容所にかつて入れられていた誰かが、その家族が、花を供えていてもなんら不思議はない。

鎮魂のための蠟燭。焔が揺れる。

ガラスケースの向こうには、眼鏡、義足、靴が溢れるようにある。それぞれは波うつような恰好で、積み上げられている。子どもの靴、女の靴、男の靴。私の目線とおなじ程高く積まれた靴たちのひとつひとつを見つめる。

ストラップシューズ。紐が結ばれた革靴。サンダルのような格好のものもある。持ち主と色を失ったそれらは残骸みたいだ。

そこを抜けると、こんどはガラスケースのなか一面に、鞄やトランク。堆《うずたか》く重ねられた鞄のそれぞれの側面には、大きな文字で名前や住所が書き記されているものも多い。他の誰かの鞄とまぎれたり無くなったりしないように、いつかはきちんと自分の元へそれが戻るように。金属の飾りがつけられたもの。箱型のもの。

フランスから修学旅行中の子どもたちがぞろぞろとやってくる。先頭を歩くガイドの女の人はフランス語で説明をしている。彼女は私の背後でぴたりと立ち止まると、積み上げられた鞄を指差し言った。

あれはアンネ・フランクの親戚の鞄、だと。

茶色の革のトランク。それが他の鞄たちの中に埋もれるような格好で、こちらを向いていた。

アウシュビッツ強制収容所
射殺場「死の壁」の前に供えられた鎮魂のための蠟燭

M.FRANK
HOLLANDと書かれた住所とともに、その名前が記されていた。

子どもたちがじっと黙ったまま通り過ぎてゆく。

ガイドの女の人は、次々と鞄を指差し、あれは、誰のもの、あれは、誰のもの、と続けている。子どもたちがそれに続く。

この物たちのひとつひとつが、その持ち主から切り離されて、いまここにある。光を遮った薄暗い展示室は、あたりの壁や床まで灰色だ。

あふれかえるたらい、あふれかえる髪の毛、あふれかえるブラシなどがずっと続く。

＋

収容所の建物を出て、その裏手を歩く。

ひっそりとしたレンガの壁があった。その上にある土手を青い芝生が覆っている。

低い煙突。窓には黒い格子状の柵が嵌められている。

小さな扉は開かれたままになっている。

私はそこへ足を踏み入れる。室内は、薄暗い。

床はコンクリートが剝き出しになっていて、空気が淀んでいる。

先の部屋へ進む。

M. FRANK
Jnes Meyer
Köln
NEUMANN
Paul
Gelbkopf

鎮魂のための焔。

人は誰もいなかった。

私はひとり焔を見つめ、突如、私のいま居るこの場所がガス室であることに、思い至る。そう気づいた瞬間、呼吸が苦しくなる。咄嗟に振り返って、後ろの扉が閉められていないことを確かめる。外へ駆け出そうとする。一歩一歩は足に鉛が入ったように重い。一歩一歩を踏み出すコンクリートの地面から死体が足に絡まるような気がして、時間が恐ろしく長く引きのばされる。

けれど、いまここには、裸にされた人たちもいなければ、シャワーから毒ガスも出ない、追い立てて扉を閉める看守もいない。

そして、扉は開いている。

外へ、扉の外へ。

明るい外へ。

扉を抜ける。

外では、何ごともかわらず、燦々と明るい光が降りそそいでいる。

光の中では、子どもたちが輪になってガイドの人の話を聞いている。

ひとつの建物の中へ入ると、ふたたび別の修学旅行の子どもたちの一群に出くわした。子どもたちはじっと静かに説明を聞いている。その後ろをすり抜けて廊下へ出ると、ひとりの男の子がベンチに腰掛けていた。明るいブルーのパーカーを着て、首にはヘッドフォンを掛けている。彼はひとりみんなから離れてそこにいた。

ふと見つめると、彼は俯いたままじっと涙を流して泣いていた。

私はゆっくりと彼の前を通り過ぎる。

まだ誰もいない次の部屋は広々としており、壁の小さな窪みにひっそりと鎮魂のモニュメントが据えられていた。

荒れたコンクリートの床に、右手の窓から射し込む明るい光が幾つも並んで落ちていた。

私はその光のまぶしさに、思わず立ちすくんでしまう。

窓の向こうで、白樺の木の淡い緑の葉と、黒い電気のランプの傘と鉄条網が光をあびている。

私はノートを取り出し、ひとり泣いている男の子のことを考えながら、その光をスケッチしようとするが、それをうまく捉えられない。

＋

4時。疲れ果て、ミュージアムの裏口からバスに乗り、クラコフの街へ戻る。

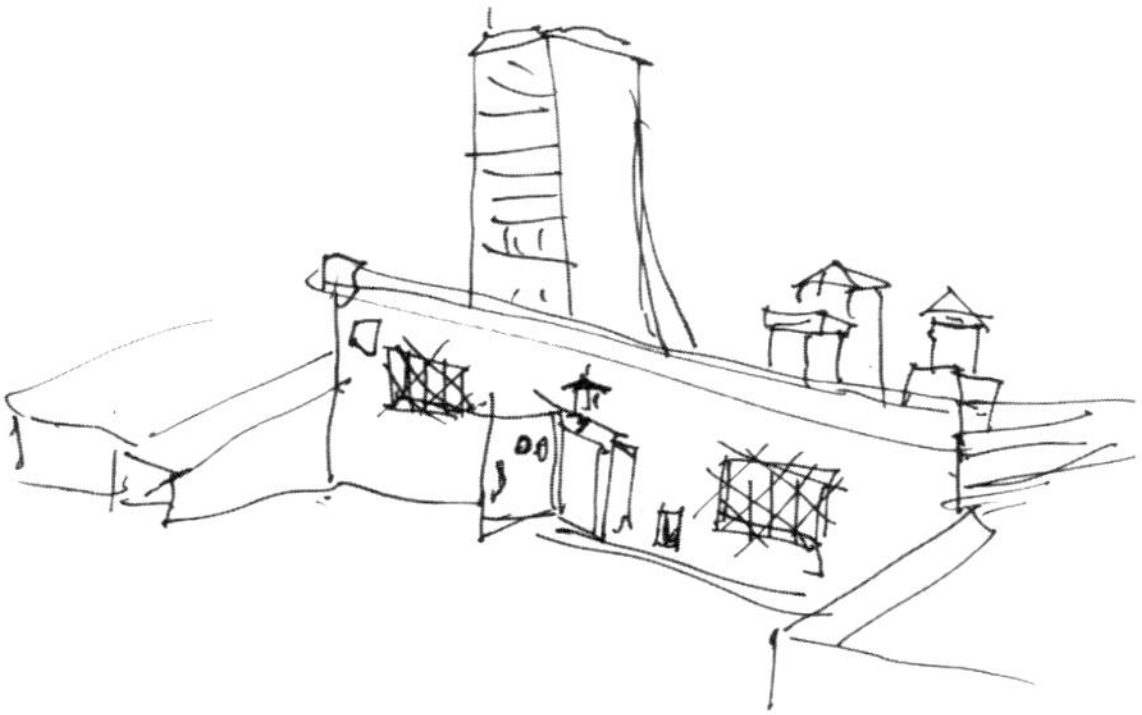

ガス室

窓の光

バスの中には行きとおなじように、ビニール袋や携帯電話を片手にした人たちが乗っていた。

5時半過ぎにクラコフ着。街は大きい。駅前のデパートの中を抜ける。先ほどまでアウシュビッツの建物の中を歩いていた私は、今度はぴかぴかのデパートのショッピングモールをうろついている。靴やサンダルが何足も並ぶ。白や黄色、グリーンのリボン。曇りのないガラスケースの向こう側に置かれた色鮮やかなそれらは、まだ持ち主を知らない。

陽が暮れる。夕食を食べていないことに気づく。結局昨晩とおなじマーケットの屋台へ行く。ビール、ソーセージ、マッシュルーム、白パン。ライトアップされた織物会館を見ながら夕食。

席の向かいには、ひとりで夕食を食べている黒髪で肌の黄色い男の子が腰掛けている。彼はソーセージではなく、チキンを紙皿に載せてそれを食べている。お互いにひとりなので、食事をしながら、なんとなく英語で挨拶を交わす。彼は大学生で、ポリネシアから春休みの旅行にやってきているのだと言った。これからポーランドを巡った後、チェコへ旅する予定だという。彼は今日カトヴィツェへ行ったと話し、私はオシフェンチムへ行ったと話した。彼はチキンを食べ終えると、良い旅を、と言い残して去ってゆく。

そこへ今度は淡いピンク色のスウェットの上下を着た白髪の老女がやって来た。彼女はポーランド語でしきりに私に向かって何かを繰り返している。私はその言葉がわからないので、黙々とソーセージを呑み込んでいたが、暫くしてそれが残った食べ物を恵んでくれという物乞いであると思い至る。ほんの少しだけ残ったマッシュルームとビールをテーブルの上に残したまま、私は逃げるようにしてその場を立ち去る。振り返ると、彼女は、その場に立ったまま、私の紙皿の上からマッシュルームを手で摑んで食べていた。

広場は観光客で賑わっている。あたりはきらびやかに黄色いライトで照らされている。キオスクでスパークリングウォーターを買う。部屋へ戻るとれいの男子二人が居て、これからクラブへ繰り出すのか、熱心にめかしこんでは脇の下に制汗スプレーをかけている。私は二段ベッドの上の段へ這い上がり、シャワーも浴びずに、眠る。

＋

かつて私の父は、ここクラコフの街を、アウシュビッツを訪ねている。

一九七五年八月二日。

アンネが最後の日記を書いてから、ちょうど三十一年と一日後、敗戦から三十年後まであと十三日の夏の日のこと。

それは、一九七八年一月二十四日、私が生まれるより二年半前のことだった。

当時四十六歳だった父は、これまで続けていた医者の仕事をやめ、ジャーナリスト、作家になることを決意していた。娘三人、妻ひとり。

十二歳だった二番目の姉、それから、私の母を連れて、父はアウシュビッツへ向かった。

ポーランドはその時、まだ、共産圏だった。東欧ではまだアジア人も珍しく、訪れる町ごとに、父たちは地元の人たちに取り囲まれたという。

十

小林司著『出会いについて――精神科医のノートから』（一九八三年）

第二次世界大戦中の一九四三年のこと、金沢市のある古書店で、中学生だった私は、エスペラントの入門書を一冊見つけて買った。そして、戦争中、この言葉を使う人たちがスパイの疑いで弾圧されているということも知らずに、一人でぼつぼつエスペラントを独習したのであった。それには、もちろん、この言葉をつくったザメンホフの平和を願う気持ちに打たれたことが大きな動機をなしていた、と思う。しかし、そのときには、自分がずっとこれからエスペラントを学ぶことになるとか、あるいは、この言葉を通じて斎藤秀一を知ることになるとか、あるいは、ずっとのちの一九七六年に、この言葉をつくったザメンホフの伝記を書くために、はるばるポーランドのワルシャワからビアリストックまで取材旅行をするに至る、などとは夢にも思わずに、私は、エスペラントに出会ったのであった。ザメンホフがユダヤ人として苦難の道を歩いたことを知った私はユダヤ人問題に興味をもつようになり、ワルシャワ・ゲットーにおけるユダヤ人蜂起やアウシュヴィッツを取材して長篇小説を書くことになった。

＋

私が生まれた時にはもう、父は著述業に勤《いそ》しんでいた。

ただ、長編小説も伝記も、まだ完成していない。

ポーランドを訪ねた時に撮られた写真がスライドになってある。泉屋のクッキー缶に入れられ、父の書斎の机の脇にいつも置かれていた。白地に紺色でリボンが描かれた缶には黒いマジックペンで、「アウシュヴィッツ」という文字が書かれていた。

それを私が見たのは、ちょうど十二歳、当時の二番目の姉と同じ年の頃のことだった。

クッキー缶をあけると、コダックの鮮やかな水色のラインが入った紙のスライドケースと、マウントされたスライドフィルムがびっしりと詰まっていた。

私はそのうちの一枚を指先でつまみあげる。

それを蛍光灯の光にかざす。

車のフロントガラス越しに広がる街の風景。

レンガの建物。

そこにあったのはひたすらどこともわからぬ風景だった。

それからそこにかすかに写りこむ、観光客たちの姿。

赤いパンタロン。黄色いスカート。

写真はポストカードのように、ひとつひとつの場所が丁寧に撮影されている。

車は淡いブルー。

白い花が咲いている。

それから、薄暗い部屋の写真が続く。

ランプのような光がわずかに光り滲んでいる。

鉄条網と黒いランプ、そして、ARBEIT MACHT FREIの黒い門。

黄緑色の草が生い茂る真ん中にロープが輪になって垂れ下がっている。

スライドの紙マウントの縁には、朱のスタンプで1975.8.2と日付が押されていた。

そこには私が思い描いていたような恐ろしげなものもなければ、若かりし頃の父や母や姉の姿もなく、ただのありきたりな建物と明るい色合いの草や光ばかりが続いていた。

唯一私が見つけたのは、レンガの建物の手前にうっかり写りこんでしまったような格好でほんのかすかに写る母の後ろ姿だけだった。

私はスライドフィルムをこっそりもとの場所に戻し、それを忘れた。

アウシュビッツを訪れた私はいま、ようやくそれがどこを写したものだったのかわかる。

それは収容棟であり、ガス室であり、首吊り台だった。

父は当時まだ高価だったフィルム何本にもわたってその風景を撮りつづけていた。家族さえフレームに入れようとせず、カラー・フィルムで写されたそれは、よく見るような陰鬱で重々しい調子を演出するでもなく、格式ばった白黒でもなく、ただひたすらに淡々としていて、ごくありきたりなどこかの街の写真のようにも見えた。

父も母も姉も、アウシュビッツを訪れたときの話はあまり口にしない。

そして、父が取り組む小説も伝記も、原稿用紙だけは何百枚にも膨れ上がりながら、いっこうに、完成しない。

ただ、十二歳だった二番目の姉は、そのはじめての海外旅行で生まれて初めて肉をたらふく食べたおかげで、身長が十センチも伸びたのだ、ということだけがしばしば話題になった。

＋

一九七五年八月四日、父たちがアウシュビッツからヨーロッパ旅行を続けているその最中、マレーシアの首都クアラルンプールでは、日本赤軍メンバーがアメリカとスウェーデンの大使館を襲撃、五十二人を人質に取り、立て籠っていた。日本赤軍メンバーは日本で拘束・服役中の活動家七人を釈放するよう要求し、そのうち日本赤軍に加わる意志のあった五人が釈放・国外へ出国。

＋

小林司著『出会いについて――精神科医のノートから』（一九八三年）

そのとき、私は、まだ、医学部の学生であった。それからインターンになり、精神科医になるために、大学の精神医学教室に入り、精神薬理学を四年間勉強してからアメリカに三年ほど留学し、帰国したのち民間の精神医学研究所に十一年勤めた。この間ずっと、私の頭から斎藤秀一の名が離れなかった。

［…］

しかし、医者の仕事は忙しいし、ことに、病院勤めだと患者のために当直もしなければならず、この分でいくと、とうてい、一生かかっても斎藤秀一の伝記をまとめることはできないことがわかってきたし、ほかの事情も重なったので、一九七四年一月にはとうとう医者をやめて、斎藤秀一の伝記を完成させるのを最大の目標にして、文筆業に変わってしまった。おそらく、よその人が見れば、たかが数十行の斎藤秀一紹介記事を読んで、秀一の生涯を追跡するなどというのは、ばかげたことに見えるであろうし、裏口入学者にとっては時価一億円ともいわれる医師免許証を持ちながら医者をやめてしまって、食うや食わずの文筆業に転向するなどというのは、狂気の沙汰としか映らないであろう。しかし、これが出会いと言うものの実体に違いない、と私は信じている。

そこには、利害・打算とか、あるいは、はからいによっては知ることのできない、何か不思議な力がはたらいているとしか思えない。こうして、出会いは、一人の生活を根本から覆えし、人生をすっかり変えてしまう力をもっているのである。

＋

一九七二年五月三十日、イスラエル、テルアビブのロッド空港で、日本赤軍幹部奥平剛士を含む三人が自動小銃を乱射。空港に居た巡礼客ら二十六人を殺害、旅客機に手榴弾を投げつけた。一人は逮捕され、二人は死亡。

無差別テロに国際的非難が集中したが、事件の実行犯たちはパレスチナ民衆の間では英雄的存在になる。パレスチナ解放人民戦線と日本赤軍重信房子は共同で、その事件の日を、日本赤軍結成の日とする声明を出す。

＋

一九七二年五月八日、テルアビブ空港乱射事件の日から遡ること二十二日。

パレスチナ過激派「黒い九月」のメンバーら四人がテルアビブ行きのサベナ航空をハイジャックしていた。イスラエルに逮捕されているパレスチナ人ら三一七人の解放を要求。しかし、イスラエル政府は、その要求を拒否。パレスチナ過激派の二人を射殺、二人を逮捕。人質は銃撃戦で一人が死亡、九十三人が解放された。

パレスチナ解放人民戦線は、その報復としてロッド空港の襲撃を計画。そのための協力を、日本赤軍の奥平に依頼する。

3

一九四四年九月五日、列車はアウシュビッツ・ビルケナウに到着する。その列車には、荷物を抱えたアンネ、マルゴー、母エーディト、父オットーのフランク一家も乗せられていた。

到着すると、荷物を残したまま、列車からは人だけが降ろされ、整列させられる。男性と女性、老人と子どもと病人は選り分けられる。

そして、老人、子ども、病人はすぐさまガス室へ送られた。

列車で運ばれた者たちのうち、半数以上の五四九人が到着後すぐにガス室で殺され焼却場で焼かれたという。

フランク一家はこの選別を生きのびる。

同じ列車には《隠れ家》で一緒だった、ファン・ダーンことファン・ペルス一家のヘルマン、ペーター、そしてペトロネッラことアウグステ、そしてアルベルト・デュッセルことフリッツ・プフェファーの四人も乗せられており、彼らもまたその選別を生きのびた。

しかし、ペーターの父ヘルマン・ファン・ペルスはその数週間後の十月か十一月、ガス室で殺され死亡。享年四十六歳。

フリッツ・プフェファーはその後三ヶ月程後の十二月二十日、ブーヘンヴァルトとザクセンハウゼンの収容所を経てノイエンガンメ強制収容所で死亡。享年五十五歳。

ペーターの母アウグステは後にマルゴーとアンネと同じベルゲン・ベルゼンに送られ、その後、ブーヘンヴァルト、テレジエンシュタット、そしてまた別の収容所へ移送され、死亡。場所と日時は不明。享年四十四歳。

ペーターはアウシュビッツを生きのびマハトハウゼンへ移されるが一九四五年五月五日、アメリカ軍がマウトハウゼン収容所を解放する三日前に、マウトハウゼン収容所で死亡。享年十八歳。

+

二〇〇九年四月五日　日曜日　晴れのち曇り雨、それからまた晴れ

7時。朝一番に起きる。やっぱり昨日とおなじように男子が二人無防備な姿で眠っており、床にはパンツが散らばっている。キッチンで、コーヒー、トースト、ブルーベリージャム、チーズ。

肌荒れは治らず化粧はやめて、口のまわりにオイルを塗る。

カジミエシュ地区に日曜日の市がたつというので、そこへ行くことにする。貰った英語の地図を広げてみると旧市街の南に位置するその地区には、幾つもの星印がついている。星は三角を二つ重ね合わせたユダヤの星でシナゴーグの印。そばには巨大なユダヤ人墓地もある。かつてユダヤ人たちが多く暮らした地区だった。

旧市街を抜けて南へ歩く。早朝なので人もまばらで、店も開いていない。石畳の道を歩くと正面にヴァヴェル城が見えた。路面電車が走っている道を横切る。思いのほか遠いのでまたもや道を間違ったかと地図を片手にうろうろしていたら、トレンチコートを着たショートカットの女の子に英語で声を掛けられる。マーケットへ行くなら、いまからわたしも行くところなの、という。瞳もコートも明るい茶色の美人な子。

ちょうど迷ったかと思ったところだったの、と私は彼女に告げて、一緒に歩く。

クラコフははじめて?

私は日本から来ていてはじめてなのだと話す。

彼女は出身は別の街だが、クラコフの大学へ通うためにここへ来て、そのままずっとここに留まっていると言った。

角を左に折れる。シナゴーグの丸い屋根が見える。彼女はそれを指差す。

あれは街で一番大きいシナゴーグ。

このあたりはかつてユダヤ人街だったの。けれど、もう、いまは、ここには殆どユダヤ人は暮らしていない。

ここに暮らしたユダヤ人たちは第二次世界大戦の後にはいなくなった。

ひっそりと残るシナゴーグを振り返る。

細い道を今度は右に折れる。

このへんは小さくて素敵なカフェやクラブもたくさんあるの。旧市街はなんていうのかしら、コマーシャルな感じだけど、このあたりには、素敵なお店があって好き。

正面のレンガの建物と建物の隙間に眩しく白いテントや傘が見えてくる。日曜の市だ。そこだけ、もう随分人で賑わっている。

彼女はその市の手前の角にあるカフェを指差し、このカフェとってもいいから、時間があったらよるといいわ、と教えてくれた。それから彼女は手を振り市の中へと去ってゆく。

ジェンクイエン。

ド ヴィヅェーニャ。

名前を聞くのを忘れた。

とにかくまずは市の中へ足を踏み入れてみる。そこにはアンティークの品々から下着、洋服、野菜、貴金属までがごちゃまぜに並ぶ。こういうところから掘り出し物を見つけるのは大の得意。ひとりで興奮。バラの花のブローチ。真珠の細いネックレス。コインと星のピアス。古い金色の額縁（並べられている額縁の中にはどれもユダヤ教のラビの肖像画デッサンが入っていた）をお土産に買う。ひとつ25から30ズロチ。

大いに満足して先ほどのカフェへ入り、コーヒーを飲む。仄暗い店内。古い床と壁。小

クラコフのカフェ Alchemia

さなシャンデリア。アンティークの鏡。古く黒い木のテーブルに真白いレース編みのクロスが掛けられている。そしてその上には、白い蠟燭と白い砂糖ポットと白いカップと白いソーサー。

昼間の薄暗がりの中で、あまりに白が鮮やかなのでテーブルをスケッチ。

ふと視線をあげると、向かいの席で金色の髪の若者がふたり煙草を吹かしている。真白い煙がゆるやかに立ちのぼっては、暗がりの中へ消えてゆく。その煙にやっぱり見とれてしまう。

＋

私は、ふたたび、アウシュビッツへと向かうバスに乗っていた。膝の上にはマーケットで買った物が入ったかぎりなく薄ぺらいビニール袋を幾つも抱えながら、今日またおなじバスになど乗るはずではなかったのにとぼんやり思う。街を歩いたりポーランド料理を食べたりして過ごそうと思っていたのだ。しかし、昨日、私は疲れ果てて、アウシュビッツを見たきりで、アウシュビッツ・ビルケナウをまだ見ていなかった。

今日も陽射しは強いが、私はきちんと影になる右側の座席を選んで腰掛けている。

昨日とおなじ道をバスは走る。空にはやはり飛行機雲。

ピンクや黄色、ブルーの壁の団地の脇を抜ける。

バスを降りると、今日もまた子どもたちが遊んでいる。

＋

ミュージアムの建物の前にある駐車場の隅に座り、アウシュビッツ・ビルケナウ行きのバスを待つ。4時。少し離れたところで、赤と青のバックパックを背負ったカップルがやはりバスを待っている。男の子は黙ったまま女の子の肩に、頭を凭せかけている。この場所では、この場所のことを、この場所を見て感じた気持ちを、いったいどんな言葉で喋ったらよいのか、わからない。夕暮れの光に栗色の髪が照らされている。

＋

小さなシャトルバスが到着し、アウシュビッツから三キロ程離れたビルケナウへと私たちを運んでゆく。両側に草ばかりが広がる視界の開けた道を走る。そうして五分程するとアウシュビッツ・ビルケナウ強制収容所だった。

有刺鉄線が果てしなく張り巡らされて続くように見える。死の門と呼ばれる門の中央からは、まっすぐな線路が伸びていてその先は見えないほど遠い。

敷地は約一・七五平方キロメートル、三〇〇以上の施設があったという。

線路の両脇には、黒い監視塔とランプ、鉄条網が続く。奥には、黒いバラック小屋、レンガづくりの煙突が規則正しく整列していて、気が遠くなる。

バスを降りて入り口の門を抜けるが、すっかり気圧され、とても向こうへまで行こうという気が起きない。

とにかく線路の縁へ近づくと、引き込み線の脇には赤い蠟燭と花が幾つも供えられてあった。

広がる青い芝があまりに美しい色。

小さな水路に溜まった淀んだ水が光に輝いている。目眩がする。

＋

線路の両脇に並ぶ黒いバラック小屋は、一棟ずつそのままの形で保存され展示されていた。丸い穴だけが開いて並ぶトイレ。木製の三段ベッド。湿っぽい匂いが充満している。ひとつの小屋の中へ入ると、子どもたちが並んで椅子に座りガイドの人の話に耳を傾けていた。そのひとりひとりが、背中にマントのようにしてイスラエルの国旗を羽織っていた。

イスラエルからやってきたユダヤ人の子どもたち。アウシュビッツ第一収容所でも頭に丸い帽子を載せた子どもたちのグループを幾つか見かけた。

薄暗い小屋の中には、鮮やかすぎるブルーの星が幾つもぼんやり浮かび上がって見える。

＋

バラック小屋の間を抜けると、規則正しく並ぶ煙突が見渡すかぎり続いて見えた。あたりは静まり返っている。敷地が広大すぎるせいで、そこを訪れている大勢の人さえまばらに映る。

この地で一五〇万人が死んでいったとされている。しかし、その数は記録さえないので時に五〇万人とも四〇〇万人とも言われ定かではないという。

何百万人単位の誤差。バラックの、煙突の、残されたトイレの、ベッドの、おびただしい数。私は立ちすくむ。

何もかもがあまりに膨大だった。

鞄を、服を、髪を、毛を、そして名前を奪われる。

刺青された番号で呼ばれ、人が、ひとりひとりが、数字にされてしまう。

そして、ひとりひとりは、その数にさえ、まともに数えられることがないのだ。

一五〇万人と五〇万人の間に消えた、一〇〇万人。

一の位も十の位も百の位も千の位さえ切り捨てられたその数の中で、ひとりひとりの存在が失われ、掻き消されてゆく。

あまりに完璧に整列する煙突。

怖いというよりもはや美しくさえ見えるその光景。誰の喋り声も聞こえない。人の声も鳥の声も影も吸い込まれるような静けさだった。この場所に居ると、自分自身が、数にさえならない存在なのだと告げられているような気持ちがして、打ちのめされる。

土を、芝を、踏む。露が足首を濡らす。

爪先立ちになる。

私は心の中で大きく繰り返す。

わたしの名前。

名前をもつ、この、わたしは、いま、ここに、いるんだぞ。

爪先立ちの靴の下にあったのは、明るく青い芝。幾つもの小さな白い花。

十

マチェヨヴィツェの野に
草は青い
そして草にはいかにも草らしく
透きとおった露

この世には戦場のほかの場所はないのかもしれない
戦場にはまだ記憶されているのも
もう忘れ去られているのもあるけれど

「現実が要求する」ヴィスワヴァ・シンボルスカ『終わりと始まり』より

+

5時半。ミュージアムの駐車場の前から発車するクラコフ行きのバスに乗る。本数は少ないが、裏口のバスより数段大きな観光バス。乗客は主にアウシュビッツを訪れた観光客。携帯電話や買い物のビニール袋を両手に持っているような地元の人はいない。ポーランド語ではなく、英語のお喋りがぽつりぽつりぽつりと聞こえる。

バスはそれほど混んでもいないのに、私の隣の席にフランス人だという男の人が腰掛けてきた。彼がバス停で熱心に他の女の子に喋りかけているのを見かけた。どうやら、とにかくお喋りをしたい様子である。年は五十近く、顔は日に焼けていて青い目をしている。フランス語訛りの英語で、僕の名前はバトーだと彼は言った。元登山家だそうで、これから二ヶ月かけてチェコを通り北上し、ノルウェーまで旅をするその途中だという。妻とは離婚して、息子が今チェコとノルウェーに暮らしているんだ。それから彼は続けざまにずっと喋りかけてくる。

僕は日本に行ったことがある。日本は素晴らしいね。ニッコーが大好き。それから、ゼンは素晴らしい。オンセン。あれはすごく好き。京都も、サイコウネ。

後ろの席では、大学生だと思われるアメリカ人の男の子とドイツ人の男の子が、ブッシュとオバマ大統領について話し合っている。

バスはゆっくりと、走り出す。

私はつい先ほどまで目のあたりにしてきたことを前に、折角のバトーの褒め言葉にも、あまりうまく相づちが打てない。

+

バスはゆっくりとアウシュビッツのまわりを一周するように走ってゆく。窓の向こうにガス室の煙突が見える。

そのすぐ隣にはもう家が建ち並んでいる。収容所でもミュージアムでもない。ごくあたりまえにこの場所に暮らしている人たちの家だ。窓には白いレースのカーテンが揺れている。部屋が覗いて見える。

後ろの席の男の子が呟くように言う。

こんなところに毎日住んで暮らすって、いったいどんな気持ちなんだろう。

ぱらぱらと雨が降り出す。
お化けとかでるんじゃないかな、怖くないのかな、ともうひとりの男の子が言う。
一方、私の隣ではバトーは日本がいかに素晴らしいかをずっと語ってくれている。
道の向こう側に、雑草に覆いつくされそうになっている線路の跡が見えた。
窓にすっと雨粒が流れて跡を残す。

＋

昭和二十年四月五日　金曜日　曇　温

四高学科試験日。七時半頃旭と共に家を出た。尾山神社へ参拝し校内で逍遥。一時家に帰つて又出発十一時半に控室で一緒にならうと思つたがどうした手違ひか旭は弁当を持つて行つたが帰宅し俺は校内三回程旭を探して回つた。午後の試験中公園へ行き寝て来た。試験終了後校門の處で岡中の連中に会ひそれから「きくのや」市川の後輩斉藤賢龍とか云ふ男を訪ねて行つて家へ帰つて来る途中川岸で旭に出会つたので又引返して公園へ行つて寝て来た。四時半帰宅。旭は富栄ちゃんの成績を聞きに行つた。夕食後トモ安の家へ行き大阪医専受験に出発するのを送つて行つた。帰途寮歌をやつて来たが大に気分が良かつた。今日は疲れた。

四月五日　金曜日　曇　温

四高学科試験日。七時半頃旭と倶に家を出た。尾山神社へ参拝し校内で逍遥。一時家に帰って又出発十二時半に控室で一緒にならうと思つたがどうした手違ひか旭は、辯當を持つて行つたが歸宅し俺は校内三回程旭を探して回つた。午後の試験中公園へ行き寝て来た。試験終了後校門の處で岡中の連中に會ひそれから「きくのや」へ市川の後輩斉藤賢龍とか云ふ男を訪ねて行つて家へ歸つて来る途中川岸で旭に出會つたので又引返して公園へ行つて寝て来た。四時半歸宅。旭は富榮ちやんの成績を聞きに行つた。夕食後織安の家へ行き大阪医専受験に出発するのを送つて行つた。歸途寮歌をやつて来たが大に気分が良かつた。今日は疲れた。

一九四四年四月(四)五日、水曜日

だれよりも親愛なるキティーへ

[…]

書いていさえすれば、なにもかも忘れることができます。悲しみは消え、新たな勇気が湧いてきます。とはいえ、そしてこれが大きな問題なんですが、はたしてこのわたしに、なにかりっぱなものが書けるでしょうか。いつの日か、ジャーナリストか作家になれるでしょうか。

そうなりたい。ぜひそうなりたい。なぜなら、書くことによって、新たにすべてを把握しなおすことができるからです。わたしの想念、わたしの理想、わたしの夢、ことごとくを。

[…]

私の父の、アンネの、そして、私の、四月五日。

異なる時間、異なる場所で、私たちの人生の中の、ある一日は過ぎてゆく。

hebben we gelukkig nog, rode-bieten-sla. Over de meelballen moet ik nog spreken, die maken we van regeringsbloem met water en gist. Ze zijn zo plakkerig en taai, dat het is of er stenen in je maag liggen, maar afijn!

Onze grote attractie is een plakje leverworst elke week en de jam op droog brood. Maar we leven nog en vaak vinden we onze schamele maaltijd zelfs nog lekker.

Je Anne

Dinsdag, 4 April 1944

Lieve Kitty,

Een hele tijd wist ik helemaal niet meer, waarvoor ik nu werk; het einde van de oorlog is zo ontzettend ver, zo onwerkelijk, sprookjesachtig. Als de oorlog in September nog niet afgelopen is, ga ik niet meer naar school. Want twee jaar wil ik niet achter komen. De dagen bestonden uit Peter, niets dan Peter, dromen en gedachten, totdat ik Zaterdag zo ontzettend lamlendig werd, neen vreselijk. Ik zat maar bij Peter mijn tranen te bedwingen, lachte dan met Van Daan bij de citroenpunch, was opgewekt en opgewonden, maar nauwelijks alleen wist ik, dat ik nu uithuilen moest. Zo in mijn nachtjapon liet ik me op de grond glijden en bad eerst heel intens mijn lang gebed, toen huilde ik met het hoofd op de armen, knieën opgetrokken, op de kale vloer, helemaal samengevouwen. Bij een harde snik kwam ik weer in de kamer terug en bedwong mijn tranen, daar ze binnen niets mochten horen. Toen begon ik mezelf moed in te spreken, ik zei niets anders dan: 'Ik moet, ik moet, ik moet . . .' Helemaal stijf van de ongewone houding viel ik tegen de bedkant aan en vocht toen verder, totdat ik kort vóór half elf weer in bed stapte. Het was over!

En nu is het helemaal over. Ik moet werken om niet dom te blijven, om vooruit te komen, om journaliste te worden, want dat wil ik! Ik weet dat ik *kan* schrijven, een paar verhaaltjes zijn goed, mijn Achterhuisbeschrijvingen humoristisch, veel uit mijn dagboek spreekt, maar . . . of ik werkelijk talent heb, dat staat nog te bezien.

Eva's Droom was mijn beste sprookje en het gekke daarbij is, dat ik heus niet weet, waar het vandaan komt. Veel uit *Cady's Leven* is ook goed, maar het geheel is niets.

Ik ben zelf mijn scherpste en beste beoordelaar hier. Ik weet zelf wat goed en niet goed geschreven is. Niemand die niet schrijft weet hoe fijn schrijven is; vroeger betreurde ik het altijd, dat ik in het geheel niet tekenen kon, maar nu ben ik overgelukkig dat ik tenminste schrijven kan. En als ik geen talent heb om voor kranten of boeken te schrijven, wel, dan kan ik nog altijd voor mezelf schrijven.

Ik wil verder komen, ik kan me niet voorstellen, dat ik zou moeten leven zoals moeder, mevrouw Van Daan en al die vrouwen, die hun werk doen en die later vergeten zijn. Ik moet iets hebben naast man en kinderen, waar ik me aan wijden kan!

Ik wil nog voortleven ook na mijn dood! En daarom ben ik God zo dankbaar, dat hij me bij mijn geboorte al een mogelijkheid heeft meegegeven om me te ontwikkelen en om te schrijven, dus om uit te drukken alles wat in me is.

Met schrijven word ik alles kwijt, mijn verdriet verdwijnt, mijn moed herleeft. Maar, en dat is de grote vraag, zal ik ooit nog iets groots kunnen schrijven, zal ik ooit eens journaliste en schrijfster worden?

Ik hoop het, o ik hoop het zo, want in schrijven kan ik alles vastleggen, mijn gedachten, mijn idealen en mijn fantasieën.

Aan *Cady's Leven* heb ik lang niet meer gewerkt, in mijn gedachten weet ik precies hoe het verder zal gaan, maar het vlot niet goed. Misschien komt het nooit af, komt het in de prullemand of kachel terecht . . . Dat is een naar idee, maar daarna denk ik weer, 'met 14 jaar en zo weinig ervaring kan je ook nog geen philosofie schrijven'.

Dus maar weer verder, met nieuwe moed, het zal wel lukken, want schrijven wil ik!

Je Anne

Donderdag, 6 April 1944

Lieve Kitty,

Je hebt me gevraagd, wat mijn hobby's en interessen zijn en daarop wil ik je antwoorden. Ik waarschuw je echter, schrik niet, het zijn er een heleboel.

In de eerste plaats: schrijven, maar dat telt eigenlijk niet als hobby.

バスは雨の中を進んでゆく。

バトーはそれから、日本人で好きな作家がいるのだ、と言った。

何ていう名前だったかな。

ハルキムラカミ?

いやちがう。

女の人。

バナナヨシモト?

バトーはしばらく考えてからリュックサックをかき混ぜ、フランス語のペーパーバックを一冊取り出した。

ここにその人のことが書いてある。

バトーはページを捲る。

そして、旅にはよい本が一冊必要なのだ、とつけ加えた。

パスカル・キニャールという人の本だった。

タイトルは、Sur le jadis
以前。過去のこと。前のこと。

ほら、ここ。

彼は指でイタリックになった文字を指している。彼の爪は伸びていて茶色くなっている。

私はその爪の先を見つめる。そこにあったのは、Izumi Shikibuという文字だった。

和泉式部。

確かに日本の女の作家だ。

バトーはその一文をフランス語で読み上げる。それから、続けて英語で意味を説明してくれた。

和泉式部の泉はspring。つまり、湧きいずる泉、なのだ。

ここには、そう書かれている。

+

泉、湧きいずる泉。

その言葉を聞きながら、和泉式部、彼女もまた日記を書き記していたのだ、と私は思う。

和泉式部日記。

時は、長保五年。一〇〇三年。

一〇〇〇年以上前のある一日にも、人は日記をつけていたのだ。

近郊にいる。ルーマニアでは二、三
という日本人の女の子と3日をすごし
いっしょに旅をしたとのこと。日本人の
女の子はよく一人で旅に出るんだね。
パスカルという作家の本をもち
歩いていて Sur le jadis ずっと昔の過去のこと
和泉式部の泉は Spring なのでしょう。
とここにかいてある。
過去のこと、泉。
私はバスの窓の向こうを見る。
雨がふりはじめる。はじめての雨。
後ろの席ではドイツ人の男の子と
アメリカ人の男の子がしきりに
戦争のことを話している。どうして
ナチスが生まれたか、アメリカにとっては

夢よりもはかなき世の中を歎きわびつゝ明かし暮らすほどに、四月十余日にもなりぬれば、木の下くらがりもてゆく。築土の上の草青やかなるも、人はことに目もとゞめぬを、あはれとながむるほどに［…］

四月の日を生きる、彼女は書き記す。

夢よりもはかない世の中を歎きわびながら明かして暮らしていると。

木は茂り影をつくり、草は鮮やかに青い。

千年以上前にも草は鮮やかに青いのだ。

書き出しのその一文を思いおこしながら、靴の裏に先ほど踏みしめたばかりの青い芝の感触が甦る。

＋

クラコフの街へ戻るのとほぼ同時に雨がやんだ。バスターミナルに到着すると、バトーはいつかまたどこかで会おうと言い残し、あっさり手を振り去っていった。

デパートのスーパーマーケットで明日の列車の長旅に備え、水、パン、チョコレートビスケット、チップス、プラム二個、モモ一個。道の途中でチキンサンド。

広場の前へ来て、私は目を疑った。

あたり一面、雪が積もったように真っ白になっている。

雪の降る季節でもないだろうに、何ごとかと近づいてみると、それは幾重にも重なる白い鳥の羽根だった。

広大な広場の見渡すかぎりに敷き詰められたそれは、雪のように見える。子どもたちははしゃぎまわって、それを雪合戦のごとく投げあっている。白い羽根がぱっとあたりに舞い上がる。

私はゆっくりと足を踏み出し、その羽根の上を歩いてみる。ふかふか。それを爪先で蹴飛ばすと、ふわりと白く舞い上がる。広場のあちこちでカメラのフラッシュライトが白く光っている。ところどころに羽根が詰められていたとおぼしき茶色の布袋がぐしゃぐしゃに丸まって落ちている。羽根はイースターの祭りの一環なのかもしれない。正面にはきらびやかにライトアップされた織物会館が輝いている。

その幻想的な光景を前にしながら、けれど私はぞっとしている。

数えきれないほどの鳥の羽根が、どうにもガラスケースの向こうにあった髪の毛の束と折り重なってくる。

広場の石のベンチに腰掛ける。

完全に食欲が失せたまま、片手に握りしめたチキンサンドを見つめる。でも腹はグウと鳴っている。

空を見たら、綺麗に半月。

かくばかり経がたく見ゆる世の中にうらやましくも澄める月かな　（拾遺集）

和泉式部は月を見あげる。そうして拾遺集の歌を想い出すのだ。

こんなにも過ごすことが難しく思えるこの世の中に、なんて羨ましくも澄んでいる月

私はクラコフの街で、ひとり月を見あげる。

教会の塔の真上に月が浮かんでいる。

＋

ホステルへ戻ると、今日は空いているので八人部屋のドームを一人でつかってよいとのこと。やった。よろこぶ。しかし、鍵をもらって部屋の扉を開け、並ぶ二段ベッドを見た途端、ビルケナウのバラック小屋に並んでいたベッドの列の記憶が甦る。勿論ホステルのベッドは格段に上等だけれども。電気をつけようとしたがスイッチがどこにあるのかも分からない。部屋が薄暗い。これまで居た隣の部屋からトランクを運び出す。部屋はやっぱり男臭くて、靴やパンツが転がっているが、もはやそれさえ恋しい気がしてくる。けれど電灯の場所を教えてもらい一人になったらそれもすぐに忘れて、裸になってバスルームの

鏡を覗き込む。シャワーをていねいにあびて、身体も髪もよく洗う。念入りに頬にオイルとクリーム。荷造り。二段ベッドの上の段で横になる。電気は消さない。


煙突が続く。黒色のバラック小屋が見渡すかぎりに並ぶ。まっすぐに伸びる線路。鉄条網。あまりに鮮やかで青い芝。

目を閉じると、外から笑い声と歌声が響いてくる。ギターの音。酔っぱらいたちが調子外れの声で合唱している。ビートルズのイエスタデー。

昨日のこと。

二〇〇九年四月六日　月曜日　晴れ

不思議な夢を見た。私はお腹に子どもをはらんでいて、その子どもを産もうとする夢だった。ところが十月十日前私は誰と寝たのだったかがどうしても思い出せずに泣きそうになっている。けれどそれでもやっぱり産まれた子どもを愛おしいと思う、そんな夢。

五時半起床。キッチンへ行って冷蔵庫のチーズとハムとキュウリ、それからブルーベリーのジャムでサンドウィッチをつくる。それを鞄につめる。インターネットで思わず夢判断をすると、出産は、生と死、運命の明暗の暗示なのだとか。けれど、私は運命なんてものを信じない。

広場をぬけ、クラコフ駅へ。

＋

7時23分クラコフ発、ベルリン行き。クラコフの街、アウシュビッツを後にふたたびベルリンへ戻る。ベルリンまではふたたび十時間。列車が発車するのと同時に朝食。プラム、チーズとジャムのサンドウィッチ、スパークリングウォーター、チョコレートビスケット。

カトヴィツェで暫く列車が停車する。

プラットホームで男の子がふたりしゃがみ込んで煙草を吸っているのが見えた。口から と鼻から同時に煙を吐き出している。

白い煙が立ちのぼりすっと宙に消えてゆく。私はそれを列車の窓越しに見る。

午後になる頃には太陽の光。日記を書く。チップスを食べる。空いている車内で思いきり足を伸ばして眠る。

四（ベルリン、ふたたび）

壁、夜の街、占領軍、ガール・フレンド

1

一九六一年八月十三日、西ベルリンを取り囲むような形で、その翌朝までに有刺鉄線の壁が作られ、その後、石の壁が築きあげられた。東西ドイツ分離独立後も、唯一自由に行き来できた東西ベルリンの境界線が遂に封鎖された。ベルリンの壁である。

しかしそれでもなお、東ベルリンから西へ脱出しようと試みる人々は後を絶たない。東西ベルリンのちょうど境に位置するベルナウアー通りから脱出を図る人たちもいた。その通りの建物の窓の片方は東に、もう片方は西に面するという事態だったからである。窓から西へ飛び降りる人もあった。西側の窓が全て塞がれた後には、そこから地下道を掘るなどしての脱出も試みられたという。地図を見ると、ベルナウアー通りに沿うようにして、壁を示す線が

伸びている。
壁の間には数十メートルの無人地帯が設けられた。壁は東ドイツの国境警備隊によって監視され、越境者は逮捕または射殺された。

＋

列車はふたたびベルリン駅へと滑り込む。今度は予定通りの17時30分着。次の行き先はオランダ、北のフローニンゲンに近いベステルボルク中間収容所だった。しかし、ベルリンからフローニンゲンまでは、また八時間。かくして、私はベルリンで一泊、翌朝の列車に乗ることにする。

＋

モーテルよりさらに安いアパート式の安宿を予約した。ところが肝心の地図を忘れ、公衆電話にコインを入れて電話をかけ道案内をしてもらう。言われるがままにベルナウアー・シュトラーセ、ベルナウアー通りの駅へと向かう。地下鉄の出口を出たところで、ブルーのシャツを着た厳つい身体つきの家主が鍵を持って出迎えてくれた。親切ではあるがにこりともしない。そこからほど近いアパートの中の一室へと案内される。

部屋の窓には古びた真っ赤なカーテンがぶら下がっており、その前には黒々としたテレビ。寄せ集めたような調度品が混ぜこぜに並べられ、ベッドの枕元には白い馬の絵が掛かっている。

鏡の前でぼさぼさになった髪を整える。洋服を全部着替える。乾燥しきった肌にクリームをすり込んでからパウダーを叩く。

携帯メールでダニエルと夕食の約束。

閑散とした周辺を歩く。リサイクルショップが一軒開いていたので中を覗く。薄暗い店内には食器やレコード、古い衣類が乱雑に置かれている。しばし物色した後、向かいの小さなマーケットでイチゴを買う。パン屋を見つけ、明日の朝パンを買おうと考える。ベルナウアー・シュトラーセ駅のあたりを歩く。ぽっかりと開いた空き地に出くわす。かつての無人地帯か。ベルリンではとにかく突如空き地が現れ、しょっちゅう工事現場に突き当たる。

＋

一九六一年、ドイツのベルリンでは壁が作られ、イスラエルの首都エルサレムでは、四月十一日から元ナチ党の親衛隊オットー・アドルフ・アイヒマンの裁判が始まっていた。アルゼンチンに逃亡していたアイヒマンは前年にイスラエル課報特務局モサッドによって拉致監禁され、イスラエルへ連行される。アイヒマンには死刑判決が宣告され、後に絞首刑となる。

＋

19時半、ダニエルと再会。コットブッサー・トールのダニエルのアパートで夕食をご馳走になる。部屋は6Fの最上階。やはりエレベーターはなく階段を昇る。ベトナム人の友人のアパートを又借りしているそうで、スチーム系の料理道具や電気釜まで完備されている。恐ろしく汚いから心してという警告だったが、さほど散らかっているわけでもない。トマトとルッコラのパスタ、ぶた肉のクリームとパプリカソース。ダニエルの包丁は日本の合羽橋の銘入りと本格的。ダニエルの嫌いなものは、銀食器。なぜなら銀は食べ物に触れると化学反応で味が変わるから、とか。料理は美味。食後に緑茶と苺。ダニエルは煙草を吹かす。

食事を終えてから、近くのバーへ一緒に飲みに行く。ダニエルの友人、イングリッドと彼女のルームメートあゆみと合流する。三人ともおなじ年頃に見える。イングリッドはイタリアから、あゆみは日本からこの街へやってきているアーティスト。二人はちょうどスパからの帰り道だそうで、お肌がつるつる。

イングリッドは赤ワイン。あゆみはジントニック。ダニエルはビール。私は白ワイン。全員で煙草を吹かし、英語と日本語でお喋り。

おそれ入りますが、
切手を
お貼り下さい。

読者ハガキ

151-0051
東京都渋谷区千駄ヶ谷3-56-6

(株)リトルモア 行
Little More

ご住所 〒

お名前(フリガナ)

ご職業

□男 □女 才

メールアドレス

リトルモアからの新刊・イベント情報を希望 □する □しない

※ご記入いただきました個人情報は、所定の目的以外には使用しません

小社の本は全国どこの書店からもお取り寄せが可能です。

[Little More WEB オンラインストア]でもすべての書籍がご購入頂けます。

http://www.littlemore.co.jp/

クレジットカード、代金引換がご利用になれます。
税込1,500円以上のお買い上げで送料(300円)が無料になります。
但し、代金引換をご利用の場合、別途、代引手数料がかかります。

ご購読ありがとうございました。
今後の資料とさせていただきますので
アンケートにご協力をお願いいたします。

voice

お買い上げの書名

ご購入書店

市・区・町・村　　　　書店

本書をお求めになった動機は何ですか。

- □新聞・雑誌などの書評記事を見て（媒体名　　　　）
- □新聞・雑誌などの広告を見て
- □友人からすすめられて
- □店頭で見て
- □ホームページを見て
- □著者のファンだから
- □その他（　　　　）

最近購入された本は何ですか。（書名　　　　）

本書についてのご感想をお聞かせ下されば、うれしく思います。
小社へのご意見・ご要望などもお書き下さい。

ご協力ありがとうございました。

私はアウシュビッツへ行ってきたのだと話す。

イングリッドがイタリアの話をしてくれる。

私、子どもの頃、学校の宿題で収容所のまわりに暮らす人のインタビューをしたことがある。

つまり、第二次世界大戦中、その収容所のまわりに住んでいて、その後もそこの場所に住み続けている大人たちに、話を聞くってわけ。

イングリッドはそこまで一息に言って赤ワインを飲む。

そうしたら、どんな話だったと思う？

戦争中は、銃の音とか、しょっちゅう聞こえたよ。うるさかったね。でも、いまじゃ平和になったし、収容所を見に観光客もけっこう来るし、よかったよね。そんな調子だったのよ。子ども心にとても傷ついたわ。

イングリッドは笑ってみせる。

だってそこでは人が殺されていたのよ、なんかこうもっと言うことないわけ?! ってね。

私たちはつられて笑ってしまって、それからワインを飲む。煙草を吹かす。

第二次世界大戦、ムッソリーニのイタリアはナチス・ドイツと手を結んでいたのだ。

私たちは一緒になって白い煙をふっと吐き出す。

ダニエルが煙の輪っかをつくってみせる。

日本、イタリア、それからドイツ。その国に生まれた、その国にいる、私たち。

気づくと夜中の一時をまわっていた。

ベルリンで終電を逃す。イングリッドとあゆみは自転車で颯爽と走り去ってゆく。

またね。

アリヴェデールチ。

私はダニエルと途中まで一緒に歩き、橋の近くでタクシーに乗る。ダニエルに別れを告げる。

オーヴォワール。

シーユー。

アウフ　ヴィーダーゼーン
タクシーで夜のベルリンの街を走る。


一九六〇年一月十九日、日米安全保障条約が改定締結される。改定をめぐり日本国内では反対運動・学生運動が巻き起こった。この条約により、占領軍のうちアメリカ軍が在日米軍としてその後も日本に留まることになる。

人通りのないレンガづくりの街並。街灯がところどころに灯る。店の軒先にある小さなネオンライトの看板。座席は黒いビニールシートで、前の席では運転手の男の人が黙ったままハンドルを握っている。

　ベルリンの西から東へとタクシーで走り抜ける。

＋

　私はニューヨークの街のことを思い出していた。

　二〇〇七年から〇八年、私はニューヨークの街に暮らしていた。住んでいたのはクイーンズのジャクソンハイツ。あたりには煉瓦づくりの建物が並んでいた。マンハッタンからひとりタクシーに乗ると、人通りのない街並が続いて見えた。ぽつりぽつりとネオンライトの看板が見える。

　そう、あの街で、私はジョエルに出会った。

　クリスマスが近い冬の日のことだった。アッパーイーストサイドのラーメン屋「めんちゃんこ亭」。私たちは、たまたま隣り合わせの席だった。

　私はひとりそこで長崎ちゃんぽんを食べていた。ジョエルは巨大な身体に小さな割り箸を握りしめ、皿うどんを食べていた。

ジョエル・リード。七十三歳。

白い髪が揺れる脳天にはハンチング帽が載っていて、彼の胸ポケットで携帯電話が始終大きな音をたてて鳴っていた。

なんとなく、挨拶を交わす。会話がはじまる。

いつしか私は彼の話に引き込まれ、それは長いインタビューになっていた。

2

「一九五二年から五三年、ジョエル十八歳の時の話」


ジョエルは、戦後間もない日本へ進駐軍としてやってきていた。

シアトルから船で横浜の港へ到着したとき、あたりは一面いまだ焼け野原だった。そこから、東京のビルが二、三見えたという。

彼はまずキャンプ・ドレイクへ送られる。そこから、神戸、佐世保へ。丘の上のキャンドル・クラブ。ケイ・スターの「Wheel of Fortune 運命の輪」のレコードがかかる。そんな中、ジョエルは女の子たちとダンスを踊り、デートして、遊んでまわる。

日本人の女の子、女の子、女の子、そして、ニッポン・ビールの日々。

一日に二人の女の子と寝ることもある。四〇〇人ばかりの女の子が彼のガール・フレンドになる。

処女たちとも寝る。勿論、処女は最高。女の子たちは、みんなナイスだ。

けれど、ジョエルは知っている。彼女たちはみんな、そうせざるをえないのだということを。

ジョエルは女の子たちとは寝ても、決して彼女たちのボーイ・フレンドにはならない。

ジョエルはみんなに、蝶々《チョウチョウ》さん、と呼ばれる。

彼の隣で、女の子が一晩中、泣き続けることもある。

真夜中、女の子の泣き声で目が覚める。

その後、彼は江田島へ送られる。そして、軍のごたごたに巻き込まれた末（上官が武器をビジネスマンに横流しして一儲けしてひと騒動）、結局ジョエルは朝鮮戦争へ行くはめになる。

朝鮮半島では一九五〇年から朝鮮戦争がはじまっていた。皮肉にも日本は朝鮮戦争のその前線基地として特需の好景気に湧いていたのだ。

ジョエルは春川《チュンチョン》へ送られる。

そこは泥沼のような場所。塹壕に籠る日々。五十口径のマシンガンで、朝鮮人の手足が吹き飛ばされる。

そんなある日、彼は朝鮮から日本へ戻されることになる。

場所は福岡、小倉だったか。いやもっと別の場所だったかもしれない。古い街並と寺と美術館がある南の街だった。

ジョエルは、今度ばかりは、日本の女の子じゃなく、日本の寺や美術館を見て回り時間を過ごそうと心に決める。しかし、宿へ着いた途端、旅館の女将が彼のところへやってくる。そして、尋ねるのだ。

どんな女の子がお好みでしょう？

ジョエルの目の前に、ずらりと日本人の女の子たちが並べられる。

寺や美術館へ行くのは取りやめになる。かわりにやっぱり女の子と寝るはめになる。

しかし、その時、ジョエルは考える。

女の子のうちで一番可愛くない子を選び、彼女と寝ることにしよう。

ぶあつい眼鏡をかけて、鼠みたいに前歯が飛び出した、ちびっこい女の子。

そして、ジョエルは彼女に精一杯優しく接する。寝るときだって彼女をできるだけ丁重に扱う。優しい言葉をかけ、親切にし、それから、一緒に布団で眠る。

けれど、真夜中、ジョエルは女の子の泣き声で目をさます。

やっぱり、彼の隣で、女の子は泣いている。

ジョエルは慌てて、考える。

あんなに親切にしたはずなのに、と。

ねえ、それにしても、彼女、いったいどうして泣いていたと思う？
ジョエルは起き上がり、啜りあげている彼女を見た。
布団の中でぶあつい眼鏡をかけたまま泣いている彼女を。
そう、彼女ね、一生懸命に、『アンネの日記』を読んでいたんだ。

＋

一九五二年、日本ではじめてアンネの日記が『光ほのかに——アンネの日記』というタイトル、皆藤幸蔵の訳で出版された。ちょうどクリスマス前の十二月十日付けで初版は刷られ、その三万部は瞬く間に売り切れたという。まだ紙も満足に手に入らない時代のことだった。

＋

ニューヨーク、私たちがラーメン屋の店の外へ出た頃には、あたりはもう真っ暗だった。私たちはきらびやかなフィフスアベニューをほんの少しだけ一緒に並んで歩いた。
それから私はジョエルと別れ、まだ慣れない街で気どって、はじめてタクシーに乗った。

鮮やかに黄色いタクシーはアップタウンを抜け、マンハッタンからクイーンズボロ・ブリッジを渡り、ノーザーン・ブルバードを走ってゆく。

私は一心に窓の向こうを見つめる。

裸で眠る男の隣で『アンネの日記』を読みながら涙した彼女は、いま、いったいどうしているだろう。

それから私はジョエルとふたたび会うことのないまま、日本へ戻った。

＋

タクシーはベルリンの旧東ドイツの街中を走っていた。ベルナウアー・シュトラーセの地下鉄の駅前でタクシーを降りる。人通りはなく、あたりはしんと静まり返っている。エントランス、玄関、部屋と鍵を三つも開けてアパートの中の一室へ戻る。バスルームは共同。シャワーを浴びる。隣の部屋からは女の子が電話で喋る声が聞こえる。何語だろう、私の知らない言葉。

髪を洗いながらふと、この部屋の鍵を手渡してくれたあの厳ついおじさんも、かつてこの壁際の東ベルリンに暮らしていたのだきっと、と考えた。

明日の朝は早いので荷造りを済ませる。電気を消して2時就寝。

3

ナチス・ドイツの敗戦後、一九四五年、首都だったベルリンは東西に分割された。東ドイツはソ連共産主義陣営、西ドイツはアメリカ、イギリス、フランスの資本主義陣営の管理下に置かれ分割占領され、東ドイツ内にあったベルリンもまた東西に二分された。かくして、西ベルリンは、東ドイツに周囲を囲まれた浮き島のような格好になった。

ドイツは東西分裂、一九四九年にそれぞれ独立。対立を深めてゆく。


一九四五年十一月二十日。ニュルンベルク裁判が始まる。ナチス・ドイツの人々が裁かれ死刑、終身刑、禁固刑などの判決を言い渡される。

ナチス・ドイツ兵の捕虜たちは各国各地の捕虜収容所へ収容される。ソ連に捕らえられた兵士たちはシベリアなどへ送られる。

第二次世界大戦終結とともに、おびただしい数のユダヤ人たちが難民になっていた。ナチス・ドイツの虐殺から逃れた人々をパレスチナで受け入れるよう、アメリカはイギリスに要請。

一九四七年十一月二十九日には国連総会で「パレスチナ分割」が決議される。

パレスチナの五六％が「ユダヤ国家」、四三％が「アラブ国家」、聖地エルサレムが「国際管理地区」。

ユダヤ人国家の独立を目指すユダヤ人武装組織は、テロを繰り返し、遂にイギリス軍を追放。その後、テロの標的を、かねてからパレスチナの地に暮らしているアラブ人へと移してゆく。

一九四八年四月九日にはデイル・ヤシーン村でアラブ人の村民たちを虐殺。

一九四八年五月十四日、「イスラエル国」が独立を宣言。遂にユダヤ人たちは念願の「自らの国」を持つことになる。

しかし、同時に独立を阻止しようとするアラブ連盟とイスラエルとの間で、第一次中東戦争が勃発。パレスチナ地域に暮らすアラブ人が、その故郷を追われ「パレスチナ難民」となった。その数は増え続け，現在四八〇万人とも言われる。

＋

敗戦後の日本は、一九四五年ポツダム宣言により進駐軍、ＧＨＱの占領下に置かれることになった。そして、占領は朝鮮戦争が続くなかの一九五二年四月二十八日、サンフランシスコ講和条約の発効まで続く。

昭和二十年八月十八日　土曜日　曇

今日は工場へ出て工具・材料の整理を行った。四時迄。大いに疲れた。四時半岩倉の家へ明日のコンパの料理を頼みに行った。奥田と一緒に今日米軍神戸・相模湾上陸・支那軍米原着の報到る。畜生、覚えてろ！

そこで父の日記はいったん途切れる。

日本敗戦から空白の時間を挟み、次に父の日記がふたたびはじまるのは、九月二十八日のことだった。今度は万年筆ではなく筆の文字で書き綴られる。

そして、そこからまた、一日も途絶えることなく、終わりの頁まで日記が続く。

この明日（八月十八日）帰宅第二班として自分は井波を二時四十分の電車で懐かしの金澤へ向ひ六時半頃に無事帰宅したのである。八月二十日以来心配した高等学校の存在も文部省の発表によりどうやら安心となり九月二日四高より訓電に接し十五日から開校と確定し狂喜したのも早一月前の昔になった。この間疎開荷物の搬入・防空壕の埋没・戦時体制の切替等々多事忙殺されて日記をつける暇もなかったが四高の授業にも慣れて来た今日再び日記をつけやうと思ひ立ちて本日より早速実行せんとす

昭和二十年九月二十八日　記　痛蚊刺（司）

昭和二十年九月二十八日　金曜日　曇　暖

五時半起床。朝飯迄一勉強す。二組が農園へ行ったので二限の物理は休講。五限にて帰宅す。昨日山上さんのおやぢが来たので今日は飯が腹一杯あった。こんな調子なら毎日来ても良いぞ。野町の本屋へ行き後英語の勉強をした。ラヂヲのニュースで引揚船到着が報道された。羨望に堪えず。俺が四高へ行って居る中に帰って来られるといいんだがな。その時はマントを着て迎えに行かうかーなどとつまらんことばかりを夢に描いて毎日を暮らすやうになってしまつた。それではいけない。現実に生きてもつと着実に新日本建設の基礎を固むべきだ。明日からは益々頑張るぞ！ Bis zum Tode !!（死を迎える、その時まで）ヤルゾ

＋
一九四六年五月三日、東京裁判、極東国際軍事裁判の審理が始まる。A級、B級、C級戦犯に、絞首刑、終身刑、禁固刑などが言い渡される。昭和天皇は訴追されず。
満州に残されソ連に捕えられた関東軍の捕虜たちはシベリアなどへ送られる。

＋
防空壕を埋めた父は「日米会話手帖」という本を手に入れた。この本は敗戦後、初のベストセラーになる。父もまた英会話の練習をはじめる。英字新聞 The Mainichi も購読。
ようやく念願だった旧制第四高等学校の授業がはじまる。父は、ジャーナリストになることを夢見て勉強に励む。十月には、かつての軍学校の生徒たちも四高へと転入してくる。十一月には友人たちとの英語勉強の末、旭から My dear Mr. Kobayashi と英語で書かれた葉書も届く。全校アルバイトでは、占領軍の保養地白雲楼ホテルまでの道路を作ることになり、人足夫として肉体労働に勤しむ。
日記には、食べ物の記述が、毎日欠かさず続く。柿、芋粥、うどん、するめ、炒り豆、弟昭の誕生日のもち米の赤飯、かれいの天婦羅、味噌汁、ゆで卵、いもあんパン、きびもち、蜜柑、フルーツポンチ、コーヒー、デンデン焼。けれど、腹一杯の食事には、なかなかありつけない。風呂へ行った日も日記に風呂マークが記されるようになる。

戦争は終わったが、祖父はラバウルからまだ戻らなかった。家からは金も食べ物も無くなってゆく。父は祖父が上海事変で盗みくすねた象牙の麻雀を売り飛ばし、その金で英文タイプライターを手に入れた。そして、そのタイプライターを手に、占領軍のための資料をタイプする仕事をこなし、一家はどうにか食いつなぐ。

祖父が父たち家族のもとへ戻ってくるのは一九四六年十一月二十一日、まだずっと先のことだった。

＋

一九四四年六月六日、火曜日
だれよりも親愛なるキティーへ
「本日はDデーなり」きょう十二時、このような声明がイギリスのラジオを通じて出されました。まちがいありません、まさしく〝きょうこそはその日〟です。いよいよ上陸作戦が始まったのです！
［…］
《隠れ家》はいまや興奮のるつぼです。いよいよ待ちに待った解放が実現するのでしょう

か。そのことはこれまでにもさんざん論じられてきましたけど、いまだにあまりにもすばらしく、あまりにもおとぎ話然としていて、とてもほんとうとは思えません。ほんとうに今年、一九四四年じゅうに、勝利がやってくると考えていいのでしょうか。［…］

ああキティー、上陸作戦が始まってなによりうれしいこと、それは、味方が近づいてきているという実感が持てることです。これまで長いあいだ、わたしたちはあの恐ろしいドイツ軍に蹂躙されてきました。いつも喉もとにナイフをつきつけられて暮らしてきました。ですがいまや、味方の救援と解放とが目前まで迫ってきているのです。もはや問題はユダヤ人だけのものではありません。オランダ全体の問題なんです。オランダ全体と、そしてヨーロッパの被占領地域全体の。ひょっとするとマルゴーの言うように、うまくゆけばわたしも、九月か十月にはまた学校へ行けるようになるかもしれません。

じゃあまた、アンネ・M・フランクより

＋

戦後、アムステルダムの《隠れ家》に潜んでいた住人のうち、生きのびてそこへ帰り着くことができたのは、オットーただひとりだった。

彼が収容されていたアウシュビッツ収容所は一九四五年一月二十七日、ソ連軍によって解放される。その頃、ベルゲン・ベルゼンのアンネとマルゴーにはまだ息があった。しかし、オットーはそれを知る由もない。

彼はオデッサを経由し、船でマルセイユへ送還され、アムステルダムの《隠れ家》へと辿り着く。左腕には番号の刺青が消えないまま。一九四五年六月三日のことだった。

《隠れ家》の中にあった家具や物は全て持ち去られていて、部屋の中には、もう、何もない。彼の他は誰ひとりここへ戻っていなかった。そして、もう誰も戻ってこないだろうということを、彼は知る。中庭のマロニエの木だけが変わらずにあった。

オットーはミープから、アンネの日記を手渡される。布張りのピンクの格子模様に金の留め金がついている。父はもう決してここへ戻ることのない自分の娘の日記帳を手にする。

それから後、オットーはおなじようにアウシュビッツを生きのびたエルフリーデ・ガイリンガー＝マルコヴィッツと再婚。その後、スイスのバーゼルへ移り住み、一九八〇年九十一歳まで生きる。

＋

二〇〇九年四月七日　火曜日　曇りときどき晴れ

7時起床。ベルリン中央駅へ。思いのほかはやく着いたので、地下でクロワッサンとカプチーノの朝食。8時39分発の列車に乗りアメルスフォールトへ。一路ドイツから国境を越えオランダへ向かう。昨日の残りのパン、チーズ、りんごを食べる。クッキーも食べる。

アメルスフォールトで乗り換えのときにフリッツというポテトにマヨネーズソースをかけたオランダ流のスナックを買おうとする。しかし、もたもたしているうちに乗り継ぎの列車に乗りそびれそうになったので慌てて、お金だけ返してもらう。フリッツ食べたかった。お腹が空いた。空は一面真っ白の曇り空。

五　ベステルボルク

切符、望遠鏡、東インド会社、窓からの景色

1

一九四四年九月三日の朝、ベステルボルク中間収容所から、アウシュビッツ強制収容所へ向けて、列車は出発する。

それは、ベステルボルクを後にし、オランダからアウシュビッツへ向かった最後の列車だった。一〇三回行われた移送のうち、最後から三番目の列車である。

列車は家畜用の貨車で、一〇一九人がそこに詰め込まれた。

窓がない、格子のはまった空気孔が二つ開いているだけの車両。床には藁がばらまかれているだけで、空のバケツが一つと、水が入れられたバケツが一つ。車両には大勢の人間が詰め込まれている。蒸し暑く、喉は乾ききり、窒息しそうなほどだったという。

アンネ、マルゴー、母エーディト、父オットーのフランク一家、そして《隠れ家》で一緒だっ

たファン・ペルス一家とフリッツ・プフェファーも、一緒に列車に乗せられていた。
列車は幾度となく停車を繰り返しながら走り続ける。

＋

オランダ、アッセンとベイレンの街の間にベステルボルク中間収容所はある。収容所へ直接行くバスや列車があるわけではなさそうで、どうやら交通の便がごく悪い場所にあるということだけは確かなようである。かくして、近くの街フローニンゲンで一泊してから、翌日そこへ向かうことにする。フローニンゲン自体がそもそもどんな街なのか、少しも予測がつかない。ネットで検索したら、フローニンゲンのペチャクチャナイトの情報がヒットした。六本木 Super Deluxe 発のクラブイベントはフローニンゲンでも健在の様子。

＋

16時フローニンゲン着。どんな街だかいちばん予測がつかなかった街。ツェレくらいの街をイメージしていたが、それよりずっと大きな街だった。地図を見るかぎりホテルが遠そうなのでトランクを駅のロッカー3.5ユーロに預け、一日分の荷物だけをバッグに入れて、駅を出る。

+

駅を出た途端、その光と風景を見て、オランダに来た、と感じる。光の色合いがこれまでと比べ、ぐっと淡くなる。道は細く曲がりくねっている。そこを自転車が次々走り抜けてゆく。そして、その向こうには運河。

橋の上から運河を見下ろすと、夕暮れの陽が水面に反射している。きらきら光って眩しい。水面をスケッチ。

レンガ敷きの細くうねった道を歩く。道の両側には小さな洋服屋やレストラン、雑貨屋など、小さくて玩具のような家が建ち並ぶ。

その道沿いに小さな古本屋を見つける。仄暗く、本の匂いがする。店主と思しき丸い眼鏡をかけ髭を生やした人が店番をしている。

本棚の間を歩く。それから上を見上げると、一番上の段に、オランダ語の「アンネの日記」が何冊も並んでいた。そもそも、アンネはその日記を、オランダ語で書いているのだ。

私は店の小さな踏み台に乗り、一番古そうに見えるその本を手に取った。深い紺色の布表紙の背に、金の型で文字が押されている。

ANNE FRANK HET ACHTERHUIS

アンネ・フランク　後ろの家

フローニンゲンの運河の水面

＋

本を店主に茶色の包装紙で丁寧に包んでもらう。

私はそれを受けとりながらホテルの場所を尋ねる。店主は方角を指し示し、それは街で一番美しいマルティニ教会のま向かいだ、と英語で教えてくれた。

ダンク。

トットツインス。

ホテルはなんと、これまでの旅で一番の高級一泊69ユーロに滞在である。フローニンゲンの街に観光客はそれ程多くはないのか、調べたところホテルは三、四軒しか見つからず、中でも一番の安ホテル。にもかかわらず、星が三つもついている。少し浮かれる。

曲がりくねった道を更に進んでゆく。突き当たりまで来ると、そこで視界が開けた。石畳の広場一帯にトラックが屋台を広げて幾台も並んでいる。その上を真っ白なカモメが飛び回っている。そこは魚市場だった。フィスマルクト、つまり魚市場という道の名前どおりの場所。鮮魚にくわえ、魚のフライやら、クロケット、フリッツまで売っている。広場の端にある古い建物の石段に腰掛け、若者たちはクロケット、つまりコロッケを頬張っている。私は先ほど食べそびれたフリッツのかわりに魚のフライを食べようと心が躍る。しかし、とりあえずまずは、ホテルへチェックインすることに。魚のマーケットを抜けると、隣の広場は洋服やリボンや日用雑貨を売るマーケットが続く。

そして、その脇に確かに美しい教会の塔を見つける。かつて十五世紀には、オランダ、そして、ヨーロッパ一、高い塔だったそう。

広場を挟んだその正面にホテルはあった。

クラシカルなホテル。フロントの向かいのラウンジにはシャンデリアと暖炉まである。これまでずっと泊まるといえばユースホステルかモーテルだったので、大いに感激。部屋にはバスタブまである。小躍り。薄汚い格好のままでとにかく街へ出ることにする。マーケットでフライを食べようと意気込む。

しかし、外へ出てみれば、屋台が片付けをはじめていた。フライどころかトラックさえもう半分以上が引き揚げていて、広場はがらんとしている。広々とした石畳の上にはゴミが散らばり、大量のカモメが飛び回っている。

落胆しながら、フライ、フライ、フライ、と思って歩いているうちに（なにせフライは昼から食べそびれているのだ）フライの写真入りの看板を見つけたらそこはケバブ屋だった。オランダはフローニンゲンで、なぜかケバブ。ホテルを贅沢したので食事は倹約だ。財布を眺めてぐっと堪える。とはいえポテトはマヨネーズがついているれいのフリッツではなかったので、なんだか気持ちは満たされない。肌が乾燥するのは肉が足りないからだとネットに書かれていたことを思い出し、とにかく一心にケバブ肉を食べる。肌はすっかり荒れたまま少しも治らない。

その後、まだ明るい街を歩く。日本ブームなのか、店のショウウィンドウには日本のアニメやテクノ調のキャラクターが描かれたものがちらほら。洋服屋でしばし洋服を見る。星の飾りがついたピアスを買う。しかし、まだ私はオランダにもオランダ語にも馴染んでおらず、なんとなく落ち着かない。フローニンゲンのGroningenというスペルも、なんだかクローン人間を連想してしまう。陽が暮れるより前にすごすごとホテルに退散。バスタブにお湯をめいっぱいたっぷり溜めて浸かる。泡風呂にする。

アンネの日記の中で、《隠れ家》から出ることができたら真っ先にしたいこととして、マルゴーとヘルマンの二人が、あふれるほどに熱々のお湯を満たした湯船に浸かる、と挙げていた。そのくだりを思い出す。私は大きく息を吸ってからバスタブの中へ頭のてっぺんまで潜り込む。その後、足と腕のむだ毛を剃る。眉毛を整える。それからこれまでの洋服から下着まで全部を洗濯。

＋

ベッドには深い紺色のベッドカバーと、真っ白なシーツ。そこへ裸のまま潜り込んで洋服が乾くのを待つ。手足の爪を切ってマニキュアを塗り直す。マニキュアがまだ乾ききるより先に、茶色の包装紙の包みを開く。

ANNE FRANK HET ACHTERHUIS

2

アンネ・フランク　後ろの家

黒に近い紺のざらりとした布表紙。アンネの日記。頁を捲る。扉の次の頁にはアンネの白黒写真があった。開かれたノートを前に、白っぽいブラウスに小さな腕時計をした彼女は深い色の瞳でカメラを見つめている。

紙には茶色い染みが幾つも出ている。

頁を捲ってゆくと、その本が印刷された年月が小さく記されていた。

その一番上は　Eerste druk Juni 1947

一九四七年六月二十五日。

その年のその日、はじめてのアンネの日記がオランダコンタクト社より出版される。

日記は、オットーの手により編集が加えられている。アンネの母に対する辛辣な批判、それから性への関心などの箇所が削られている。

本は初版一五〇〇部。それは話題を呼び、次々と増刷されてゆく。

頁の下までいっぱいに幾つもの年号と月が並んでいる。そして、私が手にしたその本は、二十二刷目、一九五八年一月のものだった。

一九四四年九月二日、翌日列車に乗せられる人々の名簿が読み上げられる。ベステルボルク中間収容所から列車で他の場所へ移送されること、それはすなわち死を意味していた。列車の行き先はアウシュビッツかソビブル、テレジエンシュタット、あるいはベルゲン・ベルゼンの絶滅収容所だった。

ベステルボルクは収容所であることにかわりはなかったが、少なくともガス室はなかった。とにかくできるかぎりここに留まろうと、誰もが必死に働いた。この場に必要不可欠な人間になれたら移送されずにすむ、という噂が流れたから。

アンネ、マルゴー、エーディトは電池の分解作業をやらされた。

＋

二〇〇九年四月八日　水曜日　晴れ曇りときどき雨　その後晴れ

８時起床。肌荒れが少々おさまったので化粧を再開。ホテルをチェックアウト。朝日を浴びながら駅へ向かう。ロッカーから荷物を取り出し、両手に沢山の荷物を抱えて電車に飛び乗る。フローニンゲンから一路、アッセンへ。電車がゆっくり出発し一息ついたところで、切符を買うのを忘れたことに気がついた。改札口などというものがないうえに、これまで切符はすべてあらかじめインターネットで購入済みだったし、随分重たい荷物に気をとられていたし、切符を買うということなど、完全に失念していた。そして、そういう時にかぎって、まんまと車掌がやってくるものなのである。

慌てふためく。しかし、時既に遅し。あれこれ英語で言い訳をしてみたものの、あれよあれよという間に罰則のチケットを切られる。

フローニンゲンからアッセン。

たった3.2ユーロのところが、なんと罰金で40.2ユーロ。

しかも、パスポートナンバーやらなにやらまで控えられる。俄然落ち込む。最後には、請求書はこの日本の住所へ送るから、いいお土産だ、と罰金チケットを手渡される。

三十歳過ぎにしてキセルで捕まるだなんて、超不覚。しかも、たかが3.2ユーロなのだ。あまりに小さい。それにしても、昨日セコくケバブで倹約したのは何だったのだ。40.2ユーロあったら食べることができたであろうポテトフライやらなにやらのことを考えたら余計に惨めな気持ちになる。私、完全に半べそ、ぐったり落胆。

座席の向かいでスケッチブックを開いていた美大生風の女の子が、私も昔いっぺん捕まったことあるわよ、だってほらこんな短い区間だしね、と笑って慰めてくれた。

アッセンはたった三つ目の駅。とりあえず下車。

すっかり気が動転したままバス停とコインロッカーを探す。しかし、ロッカーは見つからない。収容所へはバス停から二十分程歩かなければならないというのにこの大荷物はあり得ないだろう。

駅の周辺をうろついてからふたたび駅へと舞い戻る。ベイレンまで行けばそこからタクシーで行けるとガイドブックにあったので、もう一度列車に乗ってベイレンへ行くことにする。ならば最初からベイレンまで行けばよかったのに、またもやってしまった、と思ったら落胆に次ぐ落胆。今度はとにかくしっかり切符を買う。列車に乗る。

列車は走りつづけている。もう二十分以上も走りっぱなしだ。明らかにおかしい。待てど暮らせど次の駅に到着しない。見れば窓の向こうに駅のプラットホームが通り過ぎてゆくではないか。どうやら今度は急行列車に乗ってしまったらしい。涙が出そう。

窓の向こうには緑が広がっている。先ほどまで晴れあがっていた空には、白色の雲が垂れこめはじめている。

案の定、私が到着した駅は、ベイレンではなかった。ズヴォレいう名前の駅だった。もはや溜め息も出ない。このままゆけば危うく行きに通りがかったアメルスフォールトまで到着するところだったと冷汗を拭う。唯一の救いは見ればそこにコインロッカーがあったこと。とにかくそこにトランクを放り込む。落ち着いてからあたりを見回せば、比較的大きな駅で構内にはフライやホットドックを売るキオスクもある。

気を取り直し、ふたたび元来た方向へ戻る列車へ乗り込んだ。今度はハンドバッグ片手に身も軽い。駅員に何度も行き先を確認する。ただ、切符がないので、また車掌に何か言われやしないかと胃が痛い。かといって戻る切符を買うのもなんだかしゃくだ。列車が走りはじめる。窓の向こうで空が次第に重たい灰色に変わってゆく。ところどころに、羊の群れ。

ベステルボルク中間収容所へ向かう列車の窓からの風景

ようやく到着したベイレンの駅は改札もない無人駅だった。人もただのひとりもいなかった。見回せど、小さなストアが一軒あるきり、バスもタクシーも見当たらない。風が強く吹いて震えあがる寒さに思わずオーバーコートの襟を立てる。ようやくタクシー会社へ繋がる専用電話を発見し、タクシーを頼む。

プラットホームの脇に立てられた周辺地図を見る。

ベステルボルクの名前を見つける。

ベイレンからほど近く、アッセンからもそう遠くはない。

どんな場所だろうと想像してみるが、まあそう明るい場所ではなさそうだ。

一年中風が強く、湿気も多くて、あたりは灰色で、人も住まない北の土地、それがベステルボルク、と本で読んだことを思い出す。それを読んだ時にはあまりに酷い書きようだと思ったが、確かに、先ほどまでの青空はもはやどこにもなく、実際、あたりはいちめんどんよりとした灰色だ。

駅のガラス張りの待合室の中でひとりタクシーを待つ。

小さなロータリーに、黒く磨き上げられたタクシーが一台、やってくる。助手席に乗り込む。

運転席には、金髪の長い髪に茶色い縁の眼鏡をかけた若く可愛い女の子が、後部座席には栗色のショートカットの女の人が、乗っていた。

ふたりは私に向かって微笑んでみせる。

＋

そもそも二人乗りでやってくるタクシーなんてはじめてだった。そのうえ、運転手の女の子があまりに可愛いので私は思わず面食らう。後部座席にいる女の人が私を覗き込むようにして英語で言った。

きょうは彼女のはじめての仕事なの。

運転手の彼女は私の方を向くと、あなたが私のはじめてのお客さんなんです、とやはり英語でつけ加えた。

ベステルボルク収容所までおねがいします、と私も英語で言った。

彼女は後部座席を振り返りオランダ語で場所を確認しあう。近くに住んでいてもそこはしょっちゅう訪れるような場所ではないのだろう。

車はゆっくりと走りはじめる。

小さなベイレンの街。小さな一本道の住宅街を進む。子どもたちが自転車に乗って、道を横切ってゆく。そこを私たちのタクシーは過ぎてゆく。

この街に生まれ育ったの、とハンドルを握りながら彼女は言った。

横断歩道のそばに黄色い水仙が咲き乱れている。

車に乗るのが好きでこの街はずっと走ってきたから心配いらないわ。ノープロブレム。

車はあっという間に街を抜け、そこからはずっと平らな牧草地が続く。真っ白い雲が正面の低い空いちめんに垂れこめている。

後部座席から時折オランダ語で小さく指示がある。

15分程走ったところで車は林の中へ入り、そこで停車した。樹々の脇に小さな建物が見え、そこがベステルボルク収容所ミュージアムだった。

タクシーを降りると小雨がぱらついていた。

私はお金を渡す。

ダンク。

トット　ツインス。

慣れない手つきで彼女はお金を受け取る。

これが彼女の記念すべきはじめての仕事になった。もっと明るい行き先だったらよかったのに。

車はミュージアムの正面をぐるりとまわるようにして方向転換し、元来た道をゆっくり走り去ってゆく。

入り口のすぐ脇には明るいすみれ色の壁のカフェテリアがあり、奥にはミュージアムがある。カフェテリアの前では、修学旅行だろうか、中学生くらいの子どもたちが大勢駆け回っている。その中で、ひとりだけゴシック・ロリータ調の黒いフリルが沢山ついたミニスカートにニーハイソックスを履いた女の子だけが、誰とも喋らずじっとひとり窓のところで外を眺めている。

窓の向こうには林が続く。その間を細い道が通っており、それは収容所跡地まで続く1.5キロの「ハイキングコース」になっている。確かにリスやウサギが出そうだったが、収容所へ向かってハイキングという気分にもなれない。

小さなバンが往復しているというのでそれに乗る。

小粒の雨があたり一面を湿らせている。

森の中をバンがゆっくり走る。

雨粒の流れる窓の向こうには立ち並ぶ樹々と、収容所跡地へ向かう人々の列がばらばらと続いている。それぞれ赤や青のレインコートやフリースを羽織った格好で、なかには小さなリュックを背負った人もいて、実際ハイキングの途中のような光景に見えなくもない。

＋

バンは五分程走ってから停車した。そこから収容所正面入り口へ向けて、森の中を歩く。風が強い。雨が降ったりやんだりを繰り返している。

樹々の間を抜け、入り口へ辿り着いた途端、視界が開ける。広大な何もない土地が広がっていた。芝生の上の茶色い枯れ葉が、風で一気に白い空へ向けて舞い上がっている。最初に目に飛び込んできたのは、ずっと遠くに微かに見える崩れかけた小さな建物の残骸と、その脇に並ぶ近代的な巨大なパラボラアンテナだった。

+

パラボラアンテナのようなそれは、WSRT、オランダの天文台研究機関が所有するベステルボルク合成電波望遠鏡だという。口径二十五メートル。アンテナは十四基並ぶ。ベステルボルクの収容所が取り壊され、その一部に合成電波望遠鏡が建設されたのは一九六九年のこと。一九六九年、つまりそれは、アメリカのアポロ11号、アームストロング船長が月面に降り立った、東西冷戦、宇宙開発競争、真只中の年のことである。

アンテナの脇に建てられた看板にはその望遠鏡が捉えたという宇宙の写真があった。

青く死んだ星が爆発する様子が写し出されている。

暗闇の中に赤い点が散らばる。

十四基の受け取る電波はデータ解析され、それは月でするフットボールまで見えるほどの高解像度だと、書かれてあった。

遠くに見える崩れかけた壁と窓の部分が、ギリシアかローマ時代の遺跡のように見えるが、そもそもそれが壊されたのは一九八〇年代に入ってからのこと。

中央のまっすぐな道を逸れ、ところどころ土が盛られている芝生の上を歩く。

ここは北なのでまだ芝は青くはなく、茶色くくすんだ色をしている。

霧のような雨が煙っている。盛り土の脇には建物の跡を示す小さな三角柱の標識が建てられている。バラックには、学校、孤児院、病院、劇場まであった、とガイドマップに記されている。

足下を見ると、小さなつくしが幾つも芽を出している。

白い小さな花が咲いている。アウシュビッツの芝の上にも咲いていた、あの花だ。

春が近い。黄色く大きな花を咲かせた水仙がその花の重さで地面に倒れかけている。

つくしと水仙の花をスケッチする。

雨粒でインクが滲んで広がった。

第二次世界大戦後、このベステルボルク収容所の建物は、皮肉にも、一転してナチスとその

協力者の収容所となった。
その後、一九五〇年から一九七〇年の間は、そこはモルッカ諸島の難民たちで占められることになる。

＋

インドネシア、モルッカ諸島。
かつて香辛料諸島と呼ばれた島々。ヨーロッパ列強の、香辛料を巡る争い。
十七世紀以来、モルッカ諸島はオランダ東インド会社に植民地支配されていた。
第二次世界大戦が勃発。日本軍がインドネシアへも侵攻してくる。
インドネシアの島で、日本とオランダが交差する。
私の父が生きた日本、アンネが身を潜めたオランダ。
日本軍はオランダ軍と戦闘の後、オランダ領東インドを占領。

＋

一九四五年八月十七日、日本敗戦から二日後、日本軍によってオランダ植民地政府から解放されていたスカルノらが、インドネシアの独立を宣言。

しかし、オランダはそれを認めず軍を派兵。インドネシア側には旧日本軍人たちも参戦し、インドネシア独立戦争へと突入してゆく。

一九五〇年、スカルノ率いるインドネシア共和国が単一国家として独立を宣言。

しかし、オランダ軍の一員として働いていたモルッカ諸島のアンボン人たちは、反撃を恐れ、インドネシア共和国への編入ではなく、南モルッカ共和国としての独立を宣言。

オランダはインドネシア共和国に対抗しようと、雇い入れているアンボン人たちをニューギニア島西部西イリアンへ移す。しかし、対抗は失敗、オランダは、三万五千人のアンボン人兵士とその家族たちの処置に困り果てる。結果、そこで、その人々をオランダ本国へ送ることにする。西イリアンがオランダからインドネシアへ引き渡されると、そこを拠点としていたアンボン人たちもオランダへ移住。

しかし、オランダ到着と共に解雇されたアンボン人兵士たちや、難民たちが辿り着いた先は、ここベステルボルク収容所跡だったということになる。

＋

寒いのと雨とで指先がかじかむ。

傘は持っていないからできるだけ木陰を歩く。

広い敷地の突き当たりには、黒い監視塔と、線路があった。

線路はモニュメントとして、天へ向けて曲げられている。

雨が強くなってきたうえ、寒さに凍えてきたので、バス停でミュージアムへ戻るバンを待つ。

バンの運転手が車を時折停車させて、窓の外を指差しながら、そのひとつひとつを説明してくれる。小さな小屋、樹の幹に彫られた文字、遠くに見える壁。けれど、オランダ語がわからなくて、私はそれを理解できない。

ミュージアムへ戻り、カフェテリアで温かいコーヒーを飲む。アップルパイを食べる。収容所を訪ねるたび、やっぱりどうしても何かを食べずにいられない。本当は食欲なんてすっかりなくなってしまいそうなはずなのに。ミュージアムの受付でタクシーを呼んでもらう。

窓の向こうには青々とした樹々が見える。雨が降りしきっている。空はどんよりと重苦しい白色のまま。

＋

一九四四年、ベステルボルク中間収容所の環境は劣悪だったが少なくともここに留まり続けるかぎり、ガス室で殺されることはなかった。それぞれはまだそれぞれのトランクを、荷物を持っていた。赤い布切れが縫い付けられた青い服と、サイズの合わない木靴を履かされ、労働

ベステルボルク中間収容所跡地　雨

は厳しかったが、それでも、まだ女の髪は剃られていなかった。男女は別々の棟へ入れられたが、一日のうちの夕方と晩にはそれぞれが会うことが許されていた。アンネは母のエーディトと姉のマルゴーと一緒にいて、ペーターや父のオットーに、会うことができた。

＋

タクシーでベイレンの駅へ戻る。運転手は今度は男の人で、自分の息子は今、アフリカとアメリカにいるのだと英語で話してくれた。雨脚が強まっている。フロントガラスのところでワイパーが左右を行き来している。次の電車に間に合うようにとタクシーを飛ばしてくれる。駅へ着くと、ちょうどまもなく列車が到着するところだった。

ダンク。

トットツインス。

ホームへと駆けあがる。電車は一時間に二本だ。これを逃すと随分待たなくてはならないはめになる。

切符を買おうとするが、自動販売機が故障しているようで切符が出てこない。私の後ろに並んでいた中東系の男の人もおなじ自動販売機で切符を買おうと四苦八苦している。そうこうしているうちに黄色い列車が雨の中をプラットホームに滑り込んでくる。自動販売機を叩く。びくともしない。しばし躊躇した末、電車に飛び込む。またもや無賃乗車である。今度は意図的に。男の人もやっぱり切符を買えぬまま飛び乗ってくる。共犯だ。

彼は、私の方を見て、ノープロブレム、ノープロブレム、と言って笑ってみせる。しかし、少しもノープロブレムではない。私は今朝切符なしで捕まったばかりなのだ。

次の駅で男の人は、ノープロブレムを繰り返したまま下車していった。私はどうにかこのままズヴォレまで行きたいと思うが、いつ車掌がやってくるかと思うと、どうにも耐えられない。胃が痛くなってきて、遂に次の駅で下車。小心者である。ホームのキオスクでアムステルダムまでの切符を買う。結局、一時間待ち。切符を握りしめながら、コーヒーを飲む。そうしたところでふと、朝にアムステルダムまでの切符を買っておけばアッセンもベイレンも途中下車になったのだということに気がつく。しかし、時既に遅し。後の祭り。次の列車が来るまで、まだ随分ある。外はうすら寒く雨が降り続いている。

ようやくやってきた次の列車にのろのろと乗り込む。

ズヴォレで荷物を取り出す。停車時間が長かったので、そのままおなじ列車に戻る。車内でチョコレートクッキーを食べる。窓ガラスについては流れる雨粒を見る。アメルスフォールトで乗り換え。スパークリングウォーター。プラムを食べる。

アムステルダムへ。

大荷物を抱えて鬱々としたまま車内のトイレへ行って戻ったら、窓の向こうから次第に陽が射しはじめていた。

六　アムステルダム

《隠れ家》、プリンセン運河、レンブラントと飾り窓、月

1

一九四四年八月八日、アンネ、マルゴー、エーディト、オットーのフランク一家はベステルボルク中間収容所行きの列車へ乗せられた。《隠れ家》に潜んでいたファン・ペルス一家、そしてフリッツ・プフェファーも一緒だった。

かんぬきはかけられていたが、まだそれは家畜用の列車ではない。窓も座席もあった。

＋

オットーの回想。

アムステルダム市内の拘置所からベステルボルクへ送られる途中のこと。

「しかし、ソ連軍は、もう、ポーランドの国土へふかく攻めこんでいました。戦争はきわめて順調にすすんでおりましたので、かすかながらも、わたしたちは希望をもちはじめていました。ウェステルボルクに近づくにつれて、この運がつづきますようにと、わたしたちは祈ったものです。アンネは窓のところから動こうともしません。外は夏でした。牧草地や刈り入れのすんだ麦畑や村落が、どんどんうしろへとんでゆきます。右側にずっと敷設してあった電話線が、列車が走っているために、高くなったりひくくなったりして見えました。それが、自由の跳躍のようにわたしには見えました。」『少女アンネ――その足跡』より

アムステルダム中央駅を背に、細くうねった道をトランクを引き摺って歩く。コーヒーショップからはマリファナの匂いが漂っている。道端に散らばるゴミ、あふれる観光客、雨上がりの夕暮れの光。自転車がずんずん通り過ぎてゆく。トラムの高い鐘の音。突然の喧噪に身構えながらも、心はどことなく落ち着いていた。

強制収容所はもうおしまい。足取りはほんの少しだけ軽くなる。

宿泊先のホテル、デイ・ポート・ヴァン・クレーヴのロビーで約束どおり友人のTと合流。ベッドをひとつわけてもらう。Tは東京の古くからの友人。ドイツ、ミュンヘンからアムステルダムへ来てくれた。友人の顔を見たら思わず安心して、嬉しくて、力が抜けてお腹が減った。

ホテルに荷物を置いて、すぐさまレストランへ夕食を食べに出る。オランダ料理を食べることにする。ニシンとピクルスとオニオン。青豆のエルテンスープ。メインは本日の魚。アムステルダムビール。ニシンの上には国旗の爪楊枝。それをスケッチする。オランダの国旗の色は赤、白、青のトリコロール。

ひたすら喋る、食べる。長い一日は終わり。ホテルに戻る。

Tには、これまで見てきたことを伝えようとしたけれど、うまく言葉にならなくて、余計なことばかりを喋ってしまう。

明日訪れる《隠れ家》の場所を地図で確認する。現在そこは、アンネ・フランク・ハウスとしてミュージアムになっている。ホテルからすぐ近い。眠る。

＋

一九四四年五月三日、水曜日

親愛なるキティーへ

ニシンとピクルス　オランダ国旗

［…］

あなたにも容易に想像がつくでしょうが、《隠れ家》のわたしたちは、しばしば絶望的にこう自問自答します。「いったい、そう、いったい全体、戦争がなにになるのだろう。なぜ人間は、おたがい仲よく暮らせないのだろう。なんのためにこれだけの破壊がつづけられるのだろう」

こういう疑問を持つのはしごく当然のことですけど、これまでのところ、だれもこれにたいして納得のゆく答えは見いだしていません。そもそもなぜ人間は、ますます大きな飛行機、ますます大型の爆弾をいっぽうでつくりだしておきながら、いっぽうでは、復興のためのプレハブ住宅をつくったりするのでしょう？ いったいどうして、毎日何百万という戦費を費やしながら、そのいっぽうでは、医療施設とか、芸術家とか、貧しい人たちとかのために使うお金がぜんぜんない、などということが起こりうるのでしょう？ 世界のどこかでは、食べ物がありあまって、腐らせているところさえあるというのに、どうしていっぽうには、飢え死にしなくちゃならない人たちがいるのでしょう？ いったいどうして人間は、こんなにも愚かなのでしょう？

わたしは思うのですが、戦争の責任は、偉い人たちや政治家、資本家にだけあるのではありません。そうですとも、責任は名もない一般の人たちにもあるのです。そうでなかったら、世界じゅうの人びとはとうに立ちあがって、革命を起こしていたでしょうから。もともと人間には、破壊本能が、殺戮の本能があります。殺したい、暴力をふるいたいという本能があります。ですから、全人類がひとりの例外もなく心を入れかえるまでは、けっして戦争の絶えることはなく、それまでに築かれ、つちかわれ、はぐくまれてきたものは、ことごとく打ち倒され、傷つけられ、破壊されて、すべては一から新規まきなおしに始めなくちゃならないでしょう。

［…］

＋

二〇〇九年四月九日　木曜日　曇りときどき晴れ

９時Ｔと共に《隠れ家》へ。それはアムステルダムのど真ん中にある。目の前にはプリンセン運河。ハウスボートが浮かんでいる。その脇には西教会の塔が見える。その向こうを、路面電車が行き過ぎてゆく。

一九六〇年五月、かつての《隠れ家》はアンネ・フランク・ハウスとして正式に開館。来館者が年々増え続けたことと、建物の老朽化のため、一九九九年までかけて補修と拡張工事が行われたそうで外壁の銀色の柱とガラス張りの窓は、真新しい。朝の冷たい空気。開館前にもかかわらず、ミュージアムの入り口にはもうずっと長い列ができている。来館者数はいま、年間一〇〇万人に近いそう。その列に並び開館を待ちながら、カフェ・オレ、サンドウィッチ。私たちの前には小さな女の子連れの家族が並んでいる。ちょうど十歳く

西教会の塔

ミュージアムを訪れる女の子

らいの女の子は赤いジャンパーを着て、結んだ髪には青のミッキーマウスの髪飾りを留めている。小さな花のピアスが耳たぶに嵌まっている。彼女をスケッチ。彼女は私がスケッチしているのに気づいて、照れ笑い。絵をこっそり見せるとはにかんでいる。十五分おきに塔から鐘と音楽があたりに響く。塔をスケッチ。塔は青と赤の鮮やかな色の飾りがついている。アムステルダムへ着いてから、不思議と赤と青の色をよく使う。二度鐘の音を聞いたところで、ミュージアムの中へ。入場券を買う。

+

一九四四年八月四日、プリンセンクラハト二六三番地、午前十時から十時半の間のこと。ナチス親衛隊幹部カール・ヨーゼフ・ジルバーバウアーとオランダのドイツ秘密警察がピストルを手に《隠れ家》の中へ踏み入った。密告があったと知らされたから。

ナチス・ドイツの兵士が、ユダヤ人八人を見つけ出す。

エーディトが両手をあげさせられる。アンネとマルゴーは部屋から連れ出され、やはり両手をあげたままの姿で母の隣に並ばされる。オットーとペーターは身体検査される。オットーはペーターに英語の綴りを教えている最中だった。ペーターの両親アウグステとヘルマンも、フリッツ・プフェファーも両手をあげ立たされた。

アンネの書類鞄の中身が床にぶちまけられる。紙が一面に散らばった。とりあげられた貴重品がその鞄の中に詰め込まれた。

カール・ジルバーバウアーは、ベッドと窓の間に置かれたトランクを見つめる。そして、その鞄から、オットーが第一次世界大戦中ドイツ軍の将校だったことを知る。《隠れ家》の人々に与えられた支度のための五分間の猶予は、そのため、少しだけ引きのばされる。

本棚の裏側にある《隠れ家》から、住人八人全員が引き摺り出された。それは、丸二年以上ぶりの外の世界だった。《隠れ家》の住人に加え、《隠れ家》の生活を助けていたクレイマン、クーフレールも共に連行される。ふたりの女性ミープとベップは逮捕をまぬがれる。

＋

展示室の入り口には大きく引き伸ばされたアンネのポートレート写真。正方形の白黒写真が壁に四枚並ぶ。父、オットーが撮ったもの。

アンネはゆるやかに壁に凭れ掛かっている。

花模様の刺繍がはいったブラウス。カーディガンの胸元にはリボンがたれている。髪は肩にかかって波うっていて、そこには光があたっている。

こちらを向いたもの。横を向いたもの。俯いたもの。遠くを見つめているもの。

私はその一枚一枚の写真の前をゆっくりと通り過ぎながら、そうだ、私は、もう、彼女の時間を追い越してずっと年を取ってしまったのだ、と思う。

《隠れ家》のある建物の一階は、かつてオットーの経営する会社の倉庫だった。そこでは代用スパイスやハーブを粉にして販売するペクタコン社と、ジャムやゼリーを作る時に用いるペクチンなどを販売するオペクタ商会の作業や管理が行われていた。ペクタコン社はユダヤ人が会社を経営することを禁じられてからはヒース商会と社名を変えたが、実質上はオットーが顧問として運営を続けていた会社だった。倉庫では作業員たちが働いていたが、途中で病に倒れるヨハン・フォスキュイル以外は《隠れ家》のことを知らされていない。
階上には事務所があった。デスクやタイプライターが並ぶ。そのオフィスで働く人たちは《隠れ家》をずっと支え続けた。

階上にあがる。窓のカーテンの隙間からはプリンセン運河が覗いて見える。大勢の人たちと一緒になって、そのひとつひとつを見てまわる。オフィスの壁に設置された小さなモニタからは、当時のことを語るミープ・ヒースの映像が流れている。

《隠れ家》での生活は一九四二年七月六日から一九四四年八月四日まで七六一日間続けられた。潜伏をはじめた時、父オットー五十三歳、母エーディト四十二歳、姉のマルゴー十六歳、そしてアンネ十三歳のフランク一家、それから父ヘルマン四十四歳、母アウグステ四十一歳、そして息子のペーター十五歳のファン・ペルス一家がおり、それから後に、フリッツ・プフェファー五十三歳が加わった。

《隠れ家》を支えたのは、ヨー・クレイマン四十五歳、ビクトル・クーフレール四十二歳、ミープ・ヒース＝サントロウシッツ三十三歳、ベップ・フォスキュイルは二十三歳。彼ら彼女らは《隠れ家》の下にある会社で、これまでどおりに仕事を続けながら、《隠れ家》へ食べ物や品物を運んだ。

明らかに量が多すぎる野菜や牛乳やパンを買っても、誰ひとり何も尋ねずに、ただ黙って、それが届けられた。それぞれがそれぞれの家にもユダヤ人を匿っていることさえあった。オランダでは抵抗運動が根強く組織的に続けられ、地下の活動家たちは配給券を複製してそれを手助けしたという。

マルゴーとアンネの身長は次第に伸びてゆく。それが壁に刻まれ今も残る。

この小さく狭い《隠れ家》の中で、暮らしが営まれてゆく。

一九四三年九月二日、祖父は一度は金沢に戻り金沢陸軍病院へ勤めたものの、再び今度は第十七師団軍医部として上海へ赴くことに。

その頃、もはや戦場へ出て、生きて戻る者は少なくなっていた。祖父もまた遺言状を残し、惜別の挨拶を済ませ、町民たちの振る日の丸国旗に見送られ出征して行った。祖父はその後、平安丸でインドネシアの東、パプアニューギニア、ニューブリテン島のラバウルへ。ラバウルでは「マーカス・ツルブ作戦」で南へ進駐するが、次第に戦況は悪化。内地からの物資は途絶え、次第に栄養失調とマラリアが蔓延してゆく。

一方、祖母たちは金沢へ移り住み、父は金沢一中二年へ転入。勤労動員として金沢市内にある軍需工場へと駆り出される。飛行機のエンジンを作らされた（後にそのエンジンを今度は機体に取りつける工場へ送られることになる）。

その後、かつて父が中学校に通った岡崎には空襲。金沢の町では上空を飛び交う敵の飛行機に逃げ惑う。低空を飛ぶ飛行機のパイロットの顔まで見えたと父は言う。空襲で燃え上がる焔が遠くに見える。

幅の狭い急な木の階段を昇りきると、扉の向こうの奥に、ひとつの小さな本棚が見えた。小さくこじんまりした本棚は扉のように斜めに開かれており、その後ろはぽっかりと影になっている。私はそこへ近づいてゆく。小さな花模様の壁紙。窓には目隠しのレース模様が貼られている。本棚の中にはカモフラージュのためファイルやバインダーが立てかけられている。その上にはベルギーの地図がかけられている。本棚の裏側へ。足を踏み入れる。狭い隙間をくぐり抜ける。私は、ゆっくりと背を屈める。

＋

本棚を抜けるとその向こうには小さな階段があった。

それを昇りきると、空間が広がっている。小さな扉の向こうに、これほどまで大きな窓まである部屋があることに、あらためて驚く。窓には黒い布が吊るされて、外へ光が漏れないようになっている。

黄ばんだ小さな花模様の壁紙。

そこに留められた手のひら程のノルマンディーの地図には、連合軍とドイツ軍の進撃に合わせ、赤、青、黒のまち針が刺されている。

家具は何一つ残っていない。全ては連行の際に奪われ持ち去られたからだ。

一番奥の隅が、アンネの部屋だった。そこには、フリッツ・プフェファーが一緒に寝起

本棚《隠れ家》への入口

きしていた。壁には一面に、アンネの雑誌の切り抜きやポストカードのコレクションが貼られている。

ふわふわのドレスに身を包んだ小さな子供。大きなリボンと、咲きほこる花。ハリウッドの映画スターたち――頬杖をつくノーマ・シアラー、長い睫毛のグレタ・ガルボ、パフスリーブのワンピースを着たジンジャー・ロジャース、葉巻をくわえたハインツ・リューマン――。ミケランジェロのピエタ。レオナルド・ダヴィンチの自画像。レンブラントの肖像画。ココ・シャネル。アンネが自分で描いたファッション画。湖の畔の家のポスター。バラの花。

閉じ込められた薄暗い部屋の中で、ちょうどそこだけは花が咲いたように、外の華やかな世界と繋がっている。

私はそのひとつひとつを、スケッチする。

＋

アンネは十三歳から十五歳の日々をこの場所で過ごす。

戦闘が激しくなってゆくにつれ、次第に配給の食べ物を手に入れることが困難になってくる。栄養不足。どろぼうの侵入。《隠れ家》が見つかりそうになり緊張が度重なる。口論も不和も絶えない。外へ出たい。自由に歩き回りたい。爆撃に怯え、先が見えない不安な日々が続く。

壁紙の模様

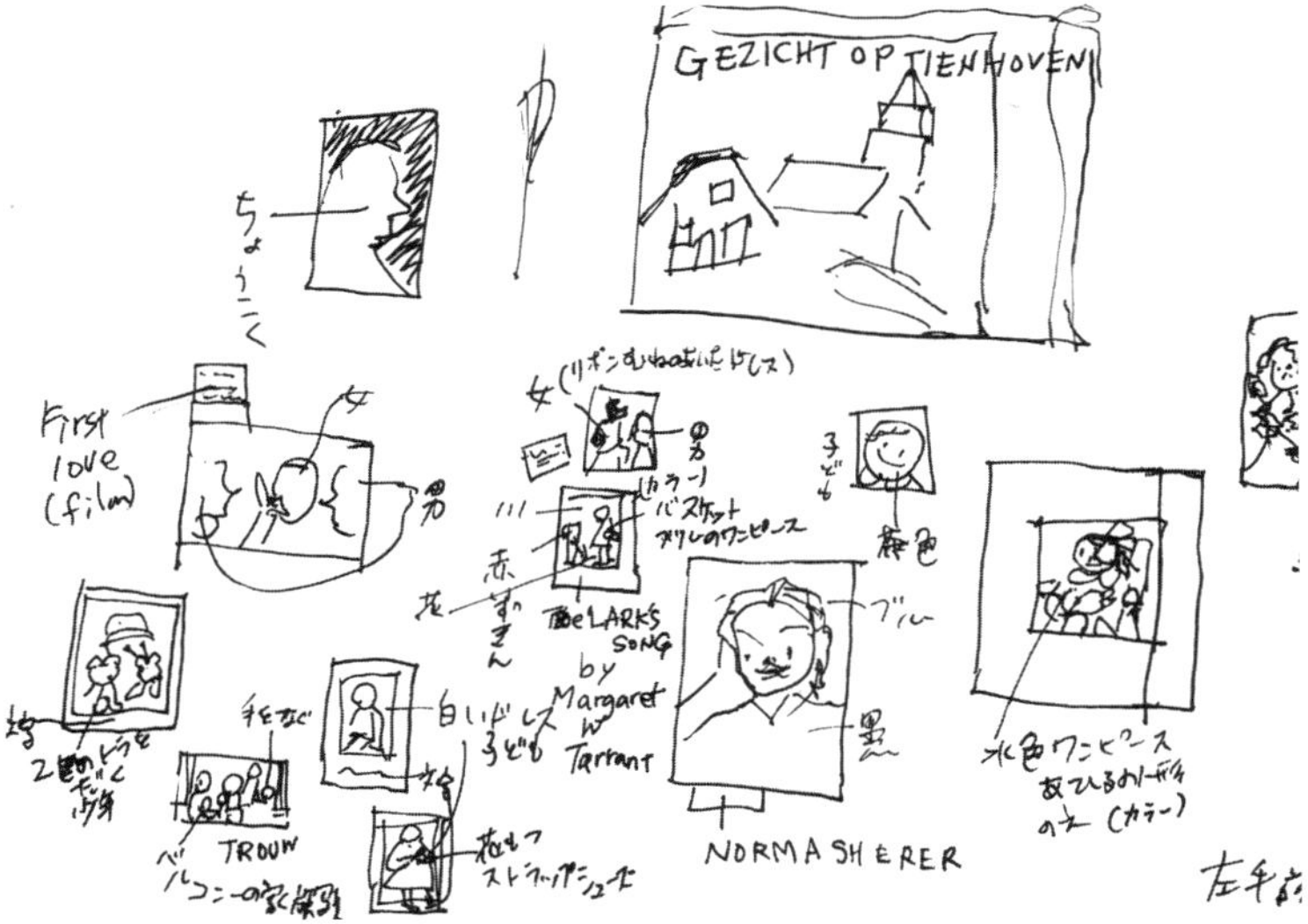
GEZICHT OP TIENHOVEN
ちょうこく
First love (film)
女
男
子ども
肌色
ブルー
黒
The LARK'S SONG by Margaret W Tarrant
白いドレス
子ども
TROUW
NORMA SHERER
水色ワンピース

それでも、規律正しい生活は保たれた。マルゴー、アンネ、ペーターは勉強を続けた。そんな中、アンネとペーターは恋に落ちる。その恋は、屋根裏部屋ではじまり、終わり、そして、時間は過ぎてゆく。

＋

渡り廊下の窓から、西教会の塔が見える。

鐘は十五分おきにメロディーを奏でながら鳴り響く。

渡り廊下を渡った向こうは、その後の出来事についての展示があった。《隠れ家》の人たちが、その後辿ることになった道筋が、パネルになって示されている。

ベステルボルク中間収容所、アウシュビッツ・ビルケナウ強制収容所、アウシュビッツ強制収容所、ベルゲン・ベルゼン強制収容所……。

＋

一九四四年八月一日、火曜日

親愛なるキティーへ

［…］

ここまで一挙一動を見まもっていられると、だんだんわたしはとげとげしくなりはじめ、つぎにはやりきれなくなってきて、しまいには、あらためてぐるりと心の向きを変え、悪い面を外側に、良い面を内側に持ってきてしまいます。そしてなおも模索しつづけるのです。わたしがこれほどまでにかくありたいと願っている、そういう人間にはどうしたらなれるのかを。きっとそうなれるはずなんです、もしも……この世に生きているのがわたしひとりであったならば。

じゃあまた、アンネ・M・フランクより

アンネの日記はここで終わっている。

＋

最後の展示室には、アンネの日記が展示されてあった。日記は布張りのピンクの格子模様に金の留め金がつけられている。小さなアルファベットの文字が並ぶ。文字はどれもきちりと同じ角度に斜めに傾いている。アンネの筆跡。オランダ語の文字。ノートが足りなくなってしまってから日記は、淡いピンク・水色・黄ばんだ白い事務用紙に記された。

そして、その部屋の隅で、私はひとつの映像を見る。

それは、《隠れ家》の住人たちのうちで、ただひとり生き残った、オットー・フランク、アンネの父の証言映像だった。

映像の中には、まだ歳をとりきっていない、その姿がある。きちりとしたスーツに身を包み、穏やかにゆっくりとした英語で喋る。

アンネの日記を読むと、それは、まるで自分の知っている娘のアンネとは別のアンネのようだった。あんなにも深くものを考えたり、あんなにも様々な感情を抱えていたとは、全く知らなかった。

映像の終わり、ブルーの背景の前で、彼はじっとこちらを見つめて言う。

「ただ、《モスト》ひとつ言える《パーレンツ》ことは、《ドント》親は《ノウ》子どものこと《リーリー》を、本当は《アバウト》何も知ら《ゼア》ないということです。《チルドレン》」

それから映像は暗転してゆく。

本当は何も知らないということです。

私はその短い映像を、最後の言葉を、幾度も幾度も繰り返し聞きながらそこに立ちすくんでいた。

目の前に展示されているアンネの日記帳を見つめる。それから、私はホテルの部屋の鞄の中に仕舞い込んでいる父の日記帖を想う。


展示室を出て、白いスチール製の螺旋階段を下る。

ミュージアムを訪れている大勢の観光客の人たちが私の前にも後ろにも続いている。

私は、これまで私の旅で見た光景を想っていた。

巨大な収容所。山積みにされて波うつ靴。剃られた髪。墓にさえならない墓。膨大な殺戮。数にさえ数えられない死。あまりにも巨大な力と数たち。闇の渦が広がってゆく。

でも、この場所で私は思う。

私はいま、こんなにも知りたいと切望しているのだ。その中に生きた、ひとりの女の子のことを。ひとりのことを。

階段を駆け下りる。

忘れられてしまうかもしれない。数にさえならないのかもしれない。けれど、それでも、そこには、ひとりが生きていて、ひとつひとつの、ささやかで壮大な人生があるのだ。

トイレに駆け込んで鍵を閉める。

その途端、おしっこよりさきに涙が出た。

鼻水を啜りあげる。

涙をふく。それから、私は、ノートを開く。

一九四四年四月九（十一）日、日曜日

［…］

このいまわしい戦争もいつかは終わるでしょう。いつかはきっとわたしたちがただのユダヤ人ではなく、一個の人間となれる日がくるはずです。

［…］

＋

ミープ・ヒースが、二〇一〇年一月十一日、一〇〇歳で亡くなった。彼女を最後に、《隠れ家》を直接助けた人たちは、いま、もう誰も生きていない。

＋

トイレットペーパーで鼻をかんで、トイレを出た。本売り場にいたTに声をかける。照れくさいから、何ごともなかったように笑ってその場に並ぶ本を見る。一緒に外へ出る。アンネ・フランク・ハウスの入り口にはまだまだずっと長い列ができている。ひっきりなしに人がやってきては、その列に並んでゆく。色々な国の言葉の喋り声。教会の鐘の音が響く。たわいもないお喋りをしながらプリンセン運河沿いを歩く。運河にはボート。曇っていた空からかすかに陽がこぼれる。小さなスタンドでニシンのサンドウィッチとクロケット。ニシンと玉葱、それから、ピクルス。クロケットの中には鱈とジャガイモ。

あたりを一周し、それから西教会の塔の上へ昇り、空から街を見る。

＋

昭和二十一年四月九日　火曜日　晴風　温

十一時半より二時半迄打木へ買出しに行つた。おはぎ三つ、大きな魚、じゃが薯の煮たの等を呼ばれて来た。米・きび・大麦等四食分の粉をひいた。

2

一九四二年七月六日、フランク一家は《隠れ家》へ潜むことになる。

前日、五日日曜日の午後、マルゴー宛に召集令状が届いたからだった。ドイツでの強制労働の旨が記されていた。招集は、七月十五日。その向かう先はベステルボルク収容所だった。

予定よりも十日繰り上げて一家はすぐさま身を隠すための手筈を整えた。

決行は翌朝。

マルゴーとアンネは通学鞄にそれぞれ一番大事なものを詰め込む。アンネは日記帳を、真っ先に通学鞄に仕舞う。それから、ヘアカーラー、ハンカチ、教科書、櫛、古い手紙など。

その日の午後、アンネの家へやってきた友人のヘローはドアの外で待ちぼうけを食らうことになる。誰にもさよならは言えなかった。

ユダヤ人の子どもはそれ以外の子どもたちとおなじ学校へは通っていなかった。

一九四一年九月、アンネはユダヤ人中学校一年に入学。

ユダヤ人は電車にもバスにも自転車にも乗ることができなかった。

ユダヤ人はユダヤ人以外と一緒に歩くことさえできなかった。

映画館も、プールも、公園も、写真も、禁止だった。夜間の外出も取り締まられた。

胸には必ずユダヤ人と書かれた「黄色の星」をつけなくてはならなかった。

六日、月曜日。朝から雨が降りしきっていた。

七時半、ミープが約束通りやってくる。まずは彼女がマルゴーを連れて、自転車に乗り、仕事へ向かうふうを装い、《隠れ家》へ向かった。ミープとマルゴーはそれぞれの自転車をこいで、雨の中を進んでゆく。ユダヤ人には自転車も禁止されていたので、ドイツ兵や警官に見つかれば命に関わる。第一、マルゴーは胸に「黄色の星」もつけていないのだ。

それからほどなくして、オットー、エーディト、アンネの三人が、家を出て、徒歩で《隠れ家》へ向かった。土砂降りの雨の中、着込めるだけ服を着込み、持てるかぎりの荷物を両手に抱えながら。

胸には「黄色の星」をつけて。

急ぎ過ぎては怪しまれるので、焦らない足取りで、ただひたすら歩く。

部屋にはスイスへ逃亡したと見せかける住所のメモと猫のモールチェが残された。

そして、もう、この家に、戻ることはなかった。

＋

ダム広場は観光客で賑わっている。空の高いところで、観覧車と宙のブランコが回転している。昼間なのに電飾がちらちらときらびやか。ポップコーン、ホットドック、風船があちこちで売られている。

そこからトラムに乗る。トラムは街中の曲がりくねった細い道を時折鐘を鳴らしながら緩やかに走ってゆく。

Tと一緒にメルヴェデ広場へ向かう。

《隠れ家》へ潜むより前にフランク一家が暮らした場所である。

トラムはレンブラント広場を抜け、アムステル川と平行に南へ向かってゆく。

旧市街の南、アムステルダム・ゾイド地区の新興住宅地。かつては、家賃が高くオランダ人には手が届かない場所だったため、ドイツから逃れてきた裕福なユダヤ人たちが多く移り住むことになったという。

トラムを降り、地図を頼りにあたりを歩く。脇道へ入ったすぐのところに三角形に広がる芝生が見えた。メルヴェデ広場。

広場の端には小さなアンネの銅像が立っている。

その脇に植えられた、ジャスミンの木が花をつけ甘い匂いを放っている。芝の上を見ると、所々にタンポポと白い花が咲いている。芝のところへ屈んで、白く小さい花を幾つか摘んだ。アウシュビッツにも、ベステルボルクにも咲いていたのと同じ、あの小さな花。

空は雲が出ていて、いちめん白かった。

その広場を囲むようにして建てられた建物がある。

タワーを備えるモダンで綺麗な作りの集合住宅、三十七番地。そこが、かつてアンネたちの暮らした場所だった。白い壁に木の扉。

団地の裏手、トラムの線路沿いルーズヴェルトラーンとワール通りの角に、ポストカー

アンネが通っていたアイスクリーム屋さんOASE

そこに来ていた女の子

メルヴェデ広場に咲く花

ドの回転棚が幾つも並ぶ本屋を見つける。アンネが日記帳を見つけたという本屋がまだそのまま残ってある。Jimmink 書店。かつて、そのショウウィンドウに飾られていた日記帳が、アンネへの誕生日プレゼントとして贈られたのだった。

店の中へ入ると、本がずらりと並び、その一角には手帖や日記帳、文房具、ポストカードなどが並べられている。アンネが買ってもらった日記帳は、もう今は売られていない。かわりに私は赤い布と紺色の布が貼られた日記帳を一冊ずつ購入する。

アンネは十三歳の誕生日の朝、たくさんのプレゼントと共にその日記帳を手に入れる。そして、その一番はじめの頁に、こう書き記す。

一九四二年六月十二日

あなたになら、これまでだれにも打ち明けられなかったことを、なにもかもお話しできそうです。どうかわたしのために、大きな心の支えと慰めになってくださいね。

一九四二年一月二十日、ドイツヴァンゼーではナチ党幹部らにより、公式に大量虐殺が決定される。

＋

一九四一年十二月七日、日本時間八日のハワイ真珠湾攻撃にはじまり、日本は大東亜戦争に突入。今度は、海の向こうだけではなく、日本本土も戦場と化すことになった。新聞やラジオから天気予報がなくなった。

日本軍はオランダ軍最後の拠点オランダ領東インド、インドネシアジャワ島バンドンへ侵攻。開戦三ヶ月で日本軍は東南アジア、南太平洋のほぼ全域を占領する。

一九四二年、父十三歳。

祖父は上海派遣第十三軍医部部員軍としてガーデンブリッジを渡り租界へ進駐。

祖母は父と弟を伴い満州ハルピンから引き揚げ、祖父の故郷愛知県の蒲郡に暮らしていた。父は百日咳から肺門リンパ炎を起こしており、満州では治る見込みがないとされ、転地療養が必要だった。

父は岡崎中学校一年に入学。

しかし、大東亜戦争のため、もはや授業どころではなくなった。

学生たちは集団で農村へ送り込まれることになる。勉強のかわりに米や芋などの畑作業を手伝うことになる。父の友人たちは後に空襲などで亡くなることになる。

＋

私十三歳、一九九一年、春に中学二年生になった。それとほぼ時期をおなじくして、私の鼻血はぴたりと止み、かわりに初潮を迎えたのであった。赤飯は炊かなかった。生理のことを「アンネ」というのだとはじめて知る。

テレビではアメリカ、ジョージ・H・W・ブッシュ大統領のアメリカ軍を中心とする多国籍軍がイラクを空爆していた。

ソ連とアメリカの冷戦が終わり、今度は湾岸戦争がはじまっていた。

毎晩のように炸裂するミサイルの光が画面に映し出される。

重油にまみれた真っ黒な鳥。

イスラエルに飛んできたイラクのミサイルを、パトリオット、愛国という名の迎撃ミサイルで撃ち落とす。その様が繰り返し繰り返し放映された。

イラクのフセイン大統領がパレスチナからのイスラエル撤退を要求している。

アメリカの「ピンポイント攻撃」。

軍事評論家の男の人が出てきてはそのミサイルやらなにやらについてを解説していた。

私にはなぜ彼らが戦争をしているのかがわからなかったし、学校でのもっぱらの話題はその軍事評論家のヘアスタイル、つまり彼がカツラか否かということだった。彼の物まねが流行った。私はそれに笑いころげる。

大人たちなんて、みんな、馬鹿みたい。

生理だって血を見るたびに倒れそうだし、私は、そもそも、大人になんてなりたくないのだ、と悉《ことごと》く何もかもが腹立たしかった。けれど、おっぱいがちゃんと膨らむかばかりは随分気になった。そして、きっと大人になったら美人になりたい、と鏡ばかりを見つめて瞬きをする。

バスの中で毎日出会う男の子。席はいつも右の前から三番目。

文化祭の学校の階段の踊り場で上級生の女の子が、キスをしている。

授業中、教科書ではない本をわざと読む。ページを捲る。

その年が終わりに近づいたクリスマスより少し前、親友にはじめてのボーイフレンドができる。私は、嫉妬と羨望と絶望的な気分を味わいながら、私は、私たちは、もう充分に大人なのだ、ということを思い知る。

そして、おなじ時、ソ連という国が崩壊していった。

＋

メルヴェデから《隠れ家》のすぐ近くの我らがホテルまで歩いて帰ることにする。

Tと一緒にお喋りしながら道を歩く。脇を車と自転車がびゅんびゅん通り過ぎてゆく。

雲はときどき晴れ、まばらに光が射す。自転車屋。カフェ。バー。電気屋。マーケット。

一九四〇年五月十日、ナチス・ドイツ軍はオランダ、ベルギー、ルクセンブルクへ侵略。第一次世界大戦では中立を守り抜いたオランダが遂に降伏。アムステルダムへもドイツ軍が侵攻してくることになる。しかし、国民はレジスタンス組織を作りナチス・ドイツの占領に抵抗してゆく。

一九四〇年九月二十七日。日本は、ナチス・ドイツ、それからイタリアと同盟を締結し、手を結ぶ。

道のりは四・二キロ。雨も降っていない。荷物も持っていない。私たちの胸には「黄色い星」もない。だれも私たちを尋問しようとはしない。それは思いのほか遠い。もう四十分以上は歩きつづけている。

私もTも、次第に疲れて無言になってゆく。歩いても歩いてもいっこうに辿り着かない。

もうすっかり大人で、戦争を生きていない私たちは、途中で、ビールを飲んで溜め息をつく。

＋

一九三八年十一月九日、ドイツ全土でユダヤ人の商店や住宅、シナゴーグなどが襲撃され虐殺が行われる。叩き割られた窓やショウウィンドウのガラスがあたりに飛び散り水晶のように輝いたことからそれは「水晶の夜――クリスタル・ナハト」と呼ばれた。以降、何千人ものユダヤ人がドイツ脱出を試みた。しかし、多くの国は難民の受け入れを拒みはじめる。パレスチナを目指すユダヤ人たちも多かった。

しかし、オランダでは、表面上は穏やかな日々が続く。

メルヴェデのフランク家では、ドイツから逃れてきたユダヤ人たちを集めて土曜の午後にはコーヒーとケーキのパーティーが開かれた。

子どもたちはすぐにオランダ語を覚え、オランダに馴染んでいった。

マルゴーはイェーケル通りの小学校へ、アンネはモンテッソーリ学校へ通った。

しかし、そんな平穏は長くは続かなかった。

一九三六年八月一日、父を含む一家は、まだ生まれて間もない父の弟昭を連れ、満州ハルピンへ移り住むことになった。祖父は派遣軍医部部員として満州遼陽へ、次いでハルピンの飛行第一連隊へ。

その後は、第八国境守備隊歩兵隊附を命じられ、家族をハルピンへ残したまま黒龍江に近い璦琿へ。祖父がそこで治療を命じられたのは、壕生活のため続発する一酸化炭素中毒患者。それから、ノイローゼの自殺者。自殺予防には娯楽と「慰安所」が薦められていた。

当時、日本政府は国策として満州への移住も押し進めていた。満蒙開拓団として、一九三六年には二万人、その後は二〇万人の農業従事者ら移住者を送り込んだといわれる。

関釜連絡船で下関から釜山へ、そして、朝鮮総督府鉄道、南満州鉄道を乗り継ぎ、満州の首都新京を経てハルピンへ。

当時のハルピンはシベリア鉄道でヨーロッパへと繋がるターミナル駅だった。アカシア並木が続く。アムール川へと注ぐ松花江が流れる、ロシア風の北の街。

父は花園小学校二年生へ転入。日本人小学校へ通うことになった。

生徒は日本人ばかりで言葉も日本語だった。病弱だった父は百日咳から肺門リンパ炎を起こし、十を越えるまでは生きないだろうと宣告される。かくして父は祖母に溺愛されながら、その殆どの時間を学校へ行かず、布団の中で本を読んで過ごす。

日本人の子どもだった父にとっては、そこでの生活は何ら不自由なかった。日常生活は普段と何ら変わりなく、寧ろ日本にいる時よりも裕福な暮らしでさえあった。

一九三七年七月七日、盧溝橋事件をかわきりに、日本は日中全面戦争に突入。

日本軍は十二月十三日には中華民国の首都南京を占領、無差別の虐殺、婦女暴行、略奪、放火などの蛮行を行う。

その同じ月の二十六日、ハルピンでは第一回極東ユダヤ人大会が開かれていた。ヨーロッパを逃れたユダヤ人難民たちは、シベリア鉄道に乗り上海を目指す。一時は満州にユダヤ人たちを誘致するという計画もあったが、それも日独伊三国軍事同盟と共に潰える。

＋

６時、ダム広場の角でブリュッセルからやってくるもうひとりの友人Mと待ち合わせ。T、M、私の三人でニューマルクトにあるカフェ・イン・デ・ワーグで豪華な食事。かつてレンブラントが、このおなじ建物の中で行われていた「テュルプ博士の解剖学講義」を描いている。死刑になった男の死体。その死体の解剖を見学する人々の肖像画。黒い服の人々。レンブラントの闇は、深い黒。死体は光の中に浮かんでいる。一六三二年、三七七年前のことである。

牛肉のカルパッチョ。サーモンのサラダ。本日の魚のグリル。パンナコッタ。プチ・グランデザート。チョコレートケーキ、ラズベリー、カシスシャーベット、チーズケーキ。ホワイトビール。赤ワイン。Mのブリュッセルの話、Tのミュンヘンの話、私のドイツとポーランドの話。それから東京の恋の話。

＋

すっかり暗くなった外へ出て、ようやく、私たちはきらびやかな飾り窓が連なる一帯のど真ん中にいるのだということに気がつく。パンツとブラジャー姿の女の人たちがガラス窓の向こうで、足を組んだり、携帯で喋ったり、おっぱいをさわってみせたりしている。ベッドの上にはなぜかティッシュではなくてロールのキッチンペーパー。観光客の男たちがそれをひやかしたり、物色したりしている。

えんじ色のカーテンが閉じているところは、たったいまセックスをしている最中。運河の水面にネオンライトの光が映りこむ。たくさんの観光客が飾り窓の前を行き来している。

私たちは下着姿の女の人たちの前を通り過ぎてゆく。

女の人たちは私たちに向かって、ウィンクしたり、腰を振ったりしてみせる。

この街の女の人たちも、やっぱり夜中に泣くことはあるだろうか。

男が隣に眠るベッドの中で『アンネの日記』を読みながら。

空を見たら、満月。

3

一九三三年十二月五日、フランク一家は不穏な空気に包まれるドイツを抜け出しアムステルダムへ移り住む。

メルヴェデ広場三十七番地。

アーヘンの祖母の家に預けた子どもたち、マルゴーとアンネを呼び寄せる。

このとき、ドイツ国内はヒトラー政権の誕生に沸いていた。しかし、オランダはまだ中立を保っている。

マルゴーは七歳、アンネは四歳、母エーディットは三十三歳、父オットーは四十四歳だった。

+

二〇〇九年四月十日　金曜日　晴れのち大雨

7時に起きて少し日記を書くがすぐに眠くなってまた寝てしまう。プリンセン運河の脇のカフェで朝食。コーヒー。チーズとトマトのホットサンド。友人がメールで、《隠れ家》の窓から見えるマロニエの樹に関する新聞記事を送ってくれる。日記にもしばしば登場する中庭のそれは、彼女が生きていた時代から残る唯一のものなのだそう。それを切るべきか切らざるべきか、という議論が繰り広げられているという。

＋

二〇一〇年八月二十三日、マロニエの樹が強風のため倒壊した。樹齢は一五〇年。

＋

Tは午後の便でアムステルダムを去る予定。

おじゃましていたホテルから、私はフォンデル公園の中にあるユースホステルへ移る。こちらのユースホステルは随分かっちりしていて、大きな宿舎といった様子。ロッカーに荷物を入れて、公園を歩く。Tと公園の向かいのオープンカフェでホワイトビール。三日月型のレモンが浮かぶ。ギターとハーモニカを持った男の人が調子外れのレット・イット・ビーを歌っている。

レット・イット・ビー。なすがままに。

あんなにへたくそなの、自分はギターなんて弾けなくてよかった、とTが言う。陽射しが強い。ぶあつい黒いコートを脱ぐ。

Tはしばらくビールを飲んでからタクシーをつかまえて、去ってゆく。私はあまりうまくお礼の言葉がいえないまま、それを見送る。さみしい。それから私は賑やかな公園の石のところに腰掛けしばらくぼんやりする。

なぜかまだ夏でもないのにみんな片手にアイスクリームを手にして、目の前を通り過ぎてゆく。

ゴッホ美術館を見学。隣の公園で、ニシンと玉葱のサンドウィッチ、オレンジジュース。Mから携帯電話にメールが届く。一緒に夕食を食べる約束をする。町を歩く。運河沿いのあちこちを地図も見ずに歩く。

7時ダム広場の角で待ち合わせ。Mはすいっと黒い自転車に乗ってやってきた。自転車を借りたそう。カゴには花が二つ。赤とピンクのガーベラの小さな花束、鮮やかな黄色の水仙の花束。水仙の花束を私にプレゼントしてくれた。紙の包みに包まれたそれは甘い香り。嬉しい。

+

知人に勧められたインドネシア料理を食べに行くことにする。とにかくオランダのインドネシア料理は美味しいのだそう。確かにガイドブックにも、オランダにしかないインドネシア料理もあるほどだ、と書かれている。

ライツェ広場の近く、多国籍料理店の並ぶ通りにあるプリ・マスへ。

ライスターフェル。米と十種類程の料理のコースを頼んで食べる。旅行一番の特別贅沢。スパイスのきいた鶏肉の串刺しにピーナッツソースのかかったサテ。黄色いサラダ二種類。オニオンライス。カレー二種類。野菜炒め。アムステルビール。

長崎の出島には、江戸時代、オランダ東インド会社の商館があった。そこにはオランダ人がやってきていたのだね、と話をする。

コロッケ、コップ、ランドセル。「おてんば」は「野生」を意味するオランダ語の「オンテンバール」。

そうだ、インドネシアは、以前、オランダ東インド会社の植民地下にあったのだ。

デザートの揚げバナナを食べる。ふわふわのそれには真っ白い粉砂糖がまぶされている。

窓の向こうで雨が降り出す。雷の光が見える。

かつて香辛料はオランダ東インド会社から、オランダへやってきていた。しかし、第二次世界大戦で、オランダはインドネシアから日本軍によって追い出され、香辛料の供給はストップ。そこでオランダでは代用スパイスがもてはやされることになる。

《隠れ家》の倉庫に並ぶスパイスの麻袋の写真。倉庫に充満していたという、胡椒やグローブ、シナモンの匂い。それから、代用スパイス。

ペーターはアンネの日記の中で、アンネに向かって話す。将来はオランダ領東インドで農園を経営したいと。

ベステルボルク中間収容所の跡地。インドネシア、モルッカ諸島の人々のこと。

私は食後にインドネシアコーヒーを飲む。お茶のように半分透き通ったそのコーヒーの底にはざらざらとしたコーヒーの粉が沈んでいる。

窓の外で雨はなかなか降り止まない。

＋

雨が一瞬降り止んだ隙に私たちは店を出る。別れ際、Ｍからさらにお土産にとバッカライ・アンネイのクロワッサンを貰った。ありがとう、と振り返ると、Ｍはもう颯爽と自転車に跨がっている。私はフォンデル公園の方角へ、Ｍはアムステルダム中央駅の方へ向かって走る。

しかし、雨が降り止んでいたのはほんの二、三分のことで、すぐまたぽつりぽつりと雨粒が落ちてきた。

雨が次第に大降りになってくる。

私は走るのを諦め、雨の中を歩く。夜の道。街灯の光の中に、落下してゆく雨の軌跡が見える。

フランク一家が《隠れ家》へ向かったその日は雨だった。七月の真夏のなま温かい雨の中。マルゴーは自転車をこぐ。荷物を抱えたアンネとエーディトとオットーはただひたすら歩く。その時の雨は、どんな雨だっただろう。

石畳の上で雨粒は跳ね返って足首にまとわりつく。

コートの襟を立てる。髪の毛から雨が滴り落ちて、頬を伝う。マスカラが落ちて泣いたみたいになる。きっとMも自転車で走りながら雨の中でびしょぬれだろう。

身体がしんと冷えてゆく。

＋

一九三三年、祖父は第九師団軍医部に転出。一家は金沢に留まっていた。しかし、その二年後には一家は満州へ向かうことになる。

父司は四歳、祖父滋は三十五歳、祖母富美子は二十六歳、父の弟昭はまだ生まれていない。

＋

二〇〇九年四月十一日　土曜日　晴れ

晴天。朝7時起床。二段ベッドの枕元のコップにいけた水仙が良い香り。ベッドを抜け出しトラムに乗って街へ。トラムの扉のすぐ脇にはイースターのチョコレートが置かれている。青い銀紙の卵形のチョコレートを貰ってひとつ食べる。甘い味が口の中に広がる。プリンセン運河の脇で下車。気づくとふたたびアンネ・フランク・ハウスへやって来ていた。しばし川沿いに腰掛け耳をすます。十五分おきにはじまる音楽と鐘の音。

そのまま運河沿いを散歩。窓辺にクロッカスと白い水仙が咲いているカフェへ。トマトとチーズのホットサンド、コーヒー。コーヒースプーンの脇にもイースターのチョコレートが添えられている。赤と青の銀紙にはウサギの模様。

9ストラーチェスで、アンティークのドレスを売っている店や、靴屋などを覗く。随分歩き回った後、ふたたび気づくと飾り窓の一帯へと辿り着いていた。赤いカーテンが降りている。昼間でもガラス窓の向こうのところどころには下着姿の女の子が立っている。

その通りを抜け運河を越えたところにあるニューマルクト広場の土曜の市で、パン、マッシュルームとオリーブのペースト、チーズケーキ、アップルジュース。石段に腰掛けてそれらを食べる。

＋

一九三三年、オットーはドイツ脱出のためアムステルダムで事業をはじめる。ジャムを作る時に使うペクチンなどを販売するオペクタ商会である。スタッフとしてクーフレール、ミープ、その後、クレイマン、フォスキュイルを得る。その後会社は、ドイツのオスナブリュックから脱出してきたヘルマン・ファン・ペルスの、スパイスを販売する会社と合併することになる。

運河をすすむボートが幾つも通り過ぎてゆく。結婚式なのか、ピンク色の旗とリボンをつけた小さなボートに、沢山の着飾った人たちが乗っかっている。花嫁らしき女の人はピンク色のウエディング・ドレスを着てこちらへ向けて手を振っている。

知らない街の知らない運河沿いの道を歩く。

知らない場所。言葉も違う国。そこで、何もかもをまたいちからはじめる。仕事も、友人も、住み慣れた部屋も、大切にしてきた場所も、なにもかもを捨てる。それは、どれほど大変で気の遠くなるようなことだっただろう。

夜ははやばやライツェ広場の角のレストランでビールとクロケットの夕食。かつてレンブラントが暮らした家があるワーテルロー広場へ行こうとしたが、慣れない街に疲れて、さっさとホステルへ戻り、眠る。

一九四四年四月十一日、火曜日

だれよりも親愛なるキティーへ

［…］

わたしはますます両親から離れて、一個の独立した人間になろうとしています。まだ未熟ですけど、おかあさんよりも勇気をもって人生に立ちむかっています。わたしの正義感は不動ですし、おかあさんのそれよりも純粋です。自分がなにをもとめているかも知っていますし、目標も、自分なりの意見も、信仰も、愛も持っています。わたしがわたしとして生きることを許してほしい。そうすれば満足して生きられます。わたしには自分がひとりの女性だとわかっています。しんの強さと、あふれるほどの勇気とを持った、一個のおとなの女性だと。

もしも神様の思し召しで生きることが許されるなら、わたしはおかあさんよりもりっぱな生きかたをしてみせます。つまらない人間で一生を終わりはしません。きっと世の中のため、人類のために働いてみせます。

そしていま、わたしは考えます――そのためには、なによりもまず勇気と、そして明朗な精神とが必要だと！

じゃあまた、アンネ・M・フランクより

二〇〇九年四月十二日　日曜日　晴れ

朝食、ニューマルクト広場のマーケットで買ったチーズケーキ。水仙の花は日記帳に挿んで押し花にする。

チェックアウト。トラムで駅へ行きロッカーに荷物を預けてから、街へ戻る。運河に沿ってあたりを歩く。日曜なので、殆どの店は閉まったきり。10時。運河沿いのカフェでコーヒー。日記を書く。殆ど観光客ばかりで、小さな店の中は全部英語のお喋りの声。なんとなく飾り窓の前を歩いて駅へ向かう。

赤いカーテンが閉じている。中でセックスしているのか、日曜だからお休みなのか。そこに、女の子は、ひとりも見つからなかった。

＋

観光客で溢れかえる道の真ん中を、私はその流れを逆流するようにして歩いてゆく。

アムステルダム中央駅へ。

駅のプラットホームで列車を待ちながら、マーケットで買ったパンの残りにチョコレートスプレッド、ハチミツの昼食。

そして、この旅の終着地、はじまりへと向かう。

ドイツはフランクフルト・アム・マインへ。

七　フランクフルト・アム・マイン

復活祭と過越の祭、アイネ・クライネ・ナハトムジーク、小夜曲

1

一九三三年、フランク一家はドイツ脱出を決意する。

もはや、ここに住むユダヤ人たちにこれから恐ろしいことが起ころうとしているのは、誰の目にも明らかだった。

オットーとエーディトはオランダ移住のためアムステルダムをしばしば訪れ、職と部屋探しに奔走する。

一九三三年四月にはユダヤ人の店での不買運動が組織され、五月にはベルリン大学で「反ドイツ的」とされる七万トンの書物が焼かれていた。

フランクフルト・アム・マイン、ハウプトヴァッヘ駅の地下鉄の階段を昇りきって外へ出た途端、身体じゅうが暖かい空気に包まれる。空が眩しい。黒い厚手のコートを脱ぎ捨てる。私はいまずっと南へやってきたのだ。それを肌で感じる。春。

ところが見回せど、一面がらんとしたきり、人通りもなければ、デパートも店もひとつも開いてない。すっかり静まり返っている。ツァイル通りは目抜き通りで一番の賑わいだというのに、少しもそんな様子が見られない。日曜日とはいえ、随分寂しい町だ、と不安になる。石畳の道でトランクを引き摺ると、その音ばかりがあたりいったいに大きく響く。

＋

ホテルに荷物を置いて街へ出る。地図とガイドブックを照らし合わせながら、幾度も通りを確認する。しかし、繁華街だと書かれた場所の店もすっかり扉を閉ざしている。人も居ない。あまりに静かすぎる。坂の下にゴシック調の大聖堂の塔が見えたので、そこへ向かってみる。観光客と思しきインド系の男の人二人が記念撮影をしている。

大聖堂の入り口の脇では、物乞いの男の人がコインの入った紙コップを揺らして音を立てている。

扉の奥へ入る。右手には小さな蠟燭の焔が幾つも揺れている。そして、そのまま奥へ進んでゆく。すると、そこには驚く程大勢の人たちが集まっていた。

正面の段の上には白い服を着た女の人が立っている。ハレルヤ、という声が響く。それに大勢の声がハレルヤと続く。ハレルヤ。ハレルヤ。

幾つもの声が重なりあう。そしてその声たちはずっと高い天井へ昇ってゆく。

そこまできてようやく私は、今日が、復活祭の祝日なのだということに気がついた。つまり、今日はイエス・キリストが死から復活した日、春分の日のあと最初の満月の、日曜日なのであった。

どうりで月が大きく丸く、月ばかりが気になるはずだ。

＋

一九三三年三月十日、ハウプトヴァッヘ広場でオットーがアンネ、マルゴー、エーディットの三人を写した写真が残る。オーバーコートを着た三人は母を真ん中に手袋をはめたままの手を繋ぎカメラを見つめている。

＋

教会を出てレーマー広場へ。そこまでやって来て、ようやくはじめて人で賑わうこの街の光景を見る。ただその大方は観光客の様子だったが。ビールやフランクフルトソーセージを売る店もある。その向こうにはマイン川。緑の樹々。

あたりを歩いてから、ゲーテの家を見学。土産物屋でえんぴつを買う。色彩論の色の円形が描かれている。

ぐるりとまわってツァイル通りへ戻る。その途中、真っ黒な車の列とすれ違う。サイドミラーには白いリボンが結わえつけられていて、車はクラクションを鳴らし続けている。列の一番最後には随分と胴が長くて黒いリムジン。そこにはウエディング・ドレス姿の花嫁とタキシード姿の花婿が覗いて見えた。

空は夕暮れにさしかかり淡いピンク色。暖かいので、カーディガンも脱ぎ捨てる。空には沢山の飛行機雲。

ツァイル通りの両側に立ち並ぶデパートメントストアもすっかり全部閉まっている。そのシャッターの前で、バイオリン弾きがひとりバイオリンを弾いている。

ヴォルフガング・アマデウス・モーツァルトのセレナーデ第十三番。

「アイネ・クライネ・ナハトムジーク」。

小さな夜の音楽。

一九四四年四月十一日、火曜日

だれよりも親愛なるキティーへ

[…]

日曜の午後には、わたしの招きで、ペーターが四時半にわたしの部屋へきました。五時十五分に、ふたりして家の正面側の屋根裏部屋へ行き、六時までそこで過ごしました。六時から七時十五分までは、ラジオですばらしいモーツァルトのコンサートが放送されました。どの曲目にも聞きほれましたが、とりわけ気に入ったのは、「アイネ・クライネ・ナハトムジーク」。美しい音楽を聞くと、きまって心のうちに感動がうずき、とてもおとなしく部屋のなかになんかすわっていられないほどになります。

[…]

＋

バイオリンケースにはお札と小銭が散らばっている。けれど、ツァイル通りを歩く人たちはまばらで、誰も立ち止まらない。

すぐ脇の噴水のところでは、子どもがひとりいたけれど、はしゃぎ回っては母親にひどく叱られている。

バイオリン弾きは、曲をお終いまで弾き終える。誰も拍手はしない。けれど、それでも、彼はバイオリンを片手に持ったまま、ひとり深々と礼をした。

＋

一九四五年八月一日水曜日、モーツァルトの「アイネ・クライネ・ナハトムジーク」が日本のラジオから流れた。

昭和二十年八月一日水曜日ラジオ放送番組
6.45　國民合唱「早起きお日様」
7.00　報道
管弦樂「小夜曲」モーツアルト作曲東管
特攻機を造る學童達（録音）
物語「姿三四郎」徳川夢声
『戦争中の暮しの記録』より

その日の朝、父は金沢の家族に別れを告げ、井波の飛行機工場へと勤労動員されている。

昭和二十年八月一日　晴　水曜日

九時に四高へ井波行の荷物を持って行く。三時出発の為二時までに四高へ行く。両方共遅刻しかけ暑い為汗でびっしょりになって五時半頃井波の工場に着く。食後寮歌を寮でやり寝る。


それから、新聞記事の切り抜きの裏に墨で書かれた日記のメモが続く。

それをゆっくりと広げると、墨でくしゃくしゃに書き記された文字の中に、日付と幾つかの文字が覗いて見えた。

八月十日快晴　北辰健児　學徒特攻隊　一番乗　今日は良い天気だった

＋

ツァイル通り脇を少し入ったところにあるレストランのオープンテラスで、カツレツ、シュニッツェルと白ビールの夕食。モーツァルトは確かカツレツに毒を盛られて絶命したのではなかったか。シュニッツェルは油が悪いせいか、ひどく不味かった。

ホテルに戻り洋服も着替えずベッドに寝転ぶ。

今日はキリスト教の復活祭。ユダヤ教のペサハ、過越の祭りは、八日の夜、アムステルダムへ到着した日からもうはじまっているのだ。

私はキリスト教徒でもユダヤ教徒でもないので、祈りはしない。

部屋の窓には外側から黒い網が張られていて、ガラス窓の向こうには月どころか街の光もぼんやりとしか見えない。

私は寝転がったままスパークリングウォーターを飲み、アイネ・クライネ・ナハトムジーク、小夜曲を口ずさむ。

＋

一九三三年一月三十日、ナチ党党首、四十四歳のアドルフ・ヒトラーがドイツ首相に就任。ベルリンではナチ党員らがたいまつを手に街を練り歩いた。おなじ年の三月には、フランクフルトの街にもハーケンクロイツの旗が溢れることになる。フランクフルトの市議会選でもナチ党が勝利したからだった。

ヒトラーは多くの人々の狂喜と喝采に迎えられていた。

＋

一九三二年一月、日本軍の謀略で上海事変が起こされていた。

翌月二月七日には、金沢の第九師団、祖父の勤める第七連隊も上海へ出征することになる。

祖父は家族を金沢に残し、ひとり上海へ。祖父は前線の隊包帯所で弾に倒れた日本兵の処置をしてまわる。そして、その殺戮のどさくさの中で盗みくすねられた象牙の麻雀を手に入れる。

一九三二年三月一日、日本軍が満州国の「建国」を宣言。清朝最後の皇帝愛新覚羅溥儀が元首、後に皇帝に祭りあげられる。

一九三三年三月、日本は国際連盟から脱退を表明。

＋

二〇〇九年四月十三日　月曜日　晴天

本日も復活祭のため、月曜日なのに、ひとつも店が開いていない。素晴らしい晴天。朝、コーヒー。アムステルダムのマーケットで買ったパンの残りにチョコレートスプレッド、ハチミツ。

ホテルのフロントにもウサギと卵の形の銀紙に包まれたチョコレート。

電車地図を見て、かつてアンネの暮らした家へと向かう。

ハウプトヴァッヘから地下鉄Uバーンに乗り、ヒューゲル・シュトラーセへ。

列車はずっと地下を走るのかと思ったが、それはすぐに地上へ出て、トラムになった。光が眩しい。列車は時折小さくベルを鳴らしながら、道の真ん中を進んでゆく。窓の向こうには、明るい太陽の光とあちらこちらに咲き乱れる花々。花という花がいっせいに咲いている。桜、それから一面に広がる黄色いたんぽぽ。緑が鮮やかに輝いている。その向こうに立ち並ぶ建物の壁はサーモンピンクや淡いブルーで、街は目眩を覚える程に春爛漫。

＋

一九九二年、十四歳、中学三年生の私は、制服のスカートを思いきり短くたくしあげて、三つ編みをほどいて、マクドナルドでコカ・コーラを飲んでいた。合コンをして、サワーを飲んで、男の子たちとボーリングへ行った。カラオケでドリームズ・カム・トゥルーの「うれしはずかし朝帰り」を熱唱してみせる。けれど、本当は朝帰りやセックスどころか、キスさえ、一度もしたことなんてなかった。

高校受験が迫っていた。周りの子たちは次々と志望校を決めて、塾通いに励んでいた。私はひとり家へ帰って、制服のままぼんやり畳の床に寝転がる。

祖母が鏡台の前で、汗を拭き取りながらワンピースを脱いでいる。

祖母はとにかくおっぱいが大きな人だった。夏になると、そのおっぱいの下に汗疹ができるからと、私の目の前でも構わず祖母は素っ裸になって、それを片方ずつ持ち上げては、そこにシッカロールを叩いていた。

白い大きなおっぱいと、こぼれて落ちてゆく白い粉。強い夏の陽射し。畳の匂い。

私は寝転がったまま祖母の裸を見つめ、おばあちゃんはその昔おじいちゃんとセックスをして、そして、私のママが産まれたのだ、とそんなことを考えた。

それから、私自身も、かつて私の父と母がセックスをして、産まれてきたのだ、というあたりまえのことに思い至り、奇妙な気持ちになった。

私もいつか誰かとキスやセックスなんてものをするんだろうか。身体中から、汗がだらだらと流れ出た。けれど、私のおっぱいはいっこうに小さいままで、シッカロールを叩く必要などありそうにもなかった。

気分が悪くなってトイレに腰掛けると、その壁に貼られた地図にだけソ連は残ってあった。けれど、それはもう実際にはロシアだった。

＋

駅から線路沿いに歩く。

ガングホーファー・シュトラーセの入り口、アスファルトの地面は、いちめん淡い黄色に色づいていた。ちょうど角の家の庭から道へせり出した枝に咲き誇る黄色い花がこぼれ落ちて、絨毯のようだった。通りの奥を見つめると、ずっと向こうの家の庭ではモクレンが咲いている。その下のアスファルトの地面はその大きな花びらが敷き詰められて、いちめん淡いピンク色。

両側には白い壁の家が並ぶ。モクレンの樹の向こうの家から大きなウサギの縫いぐるみを抱えた女の子が駆け出してくる。母親がその後から続く。ふたりは道に駐車してある赤色の車に乗り込んでゆく。

車がゆっくりと走り出し、去ってゆく。

私はモクレンの花びらの上を歩く。

花びらはふかふかしている。

ピアノの練習曲が聞こえる。エステンの「人形の夢と目覚め」。ゆっくりとしたはじまり。音がずんずんと降りたり昇ったりしてゆくところでは、ところどころ音が立ちどまる。子どもが弾いているのだろう、手が小さいと指がオクターブに届かないので、音が外れる。右手を左手のうえからクロスさせて低い音を弾くのだ。猫のおしっこの匂い。芝の上には黄色いタンポポの花。ふとみるとその脇に、白い小さな花が咲いている。アウシュビッツで、メルヴェデ広場で、みつけた、あの小さな白い花。

その向かいの建物が、かつてアンネたちフランク一家の暮らした家だった。壁には一九三三年までフランク家が暮らしたことを伝えるプレートが嵌められている。オレンジ色の屋根と白い壁の隙間を細い蔦がはっている。窓の向こうには、白いレースが見える。それは、いまその家に暮らす人のカーテン。

+

一九三一年三月末、フランク一家は節約のためマールバッハ通りからガングホーファー・

シュトラーセ二十四番地へ引っ越しをする。フランク一族は銀行業を営んでいたがそれは景気の打撃を受けていたし、インフレで貯蓄は減る一方だったからだ。新しい家は前より狭くて小さく、安かった。アンネ一歳九ヶ月と少し。

一九三一年八月初旬、小林一家は青森県の弘前から石川県金沢へ引っ越しをする。祖父が第八師団軍医部から歩兵第七連隊附として金沢勤務になったからだった。祖父の家は田舎の町医者で貧しく金がなかったため、祖父は陸軍委託生として医学を学び、軍医になった。専門は内科とレントゲンだった。父二歳四ヶ月と少し。

一九三一年九月十八日。日本の軍の謀略によって満州事変が起こされる。自作自演の満鉄線路の爆破を口実に中国侵略を開始。

一九三〇年九月十四日。ナチ党が大躍進し第二党になる。六四〇万票を獲得。一〇七議席を獲得。

＋

その家からアンネの生まれたマールバッハ通りの家までは二・五キロほどの距離。その道を、歩く。徒歩で十数分。

左手にはひろびろとした公園が広がっている。トラムの線路沿いをずっとまっすぐ歩く。やっぱり、店はどこも開いていない。たったひとつだけ開いていたのは、小さなケーキ屋だけだった。ウィーンのトルテなどを売っているのか、ウィンドウにはモーツァルトのチョコレートが並んでいる。店内では背の曲がったおばあさんふたりが白く丸いテーブルを囲んでお茶を飲んでいる。

＋

マールバッハ通りはいわゆる新興住宅地だった。住民には親ナチの者たちもいた。フランク一家に家を貸していた家主でさえ、親ナチだったそう。とはいえ、ユダヤ人であるフランク一家が直接的に恐ろしい目に遭うことはまだなかった。人々の想い描く「ユダヤ人」というのは、丸い帽子、髭をはやし、黒い服を着た、ユダヤ教徒のことだったから。

＋

白い教会の塔。鐘の音が聞こえる。

その斜め向かいが、マールバッハ通り三〇七。そこがアンネの生まれた家だった。メゾネット式のアパートメント。淡い黄色の壁の家。白樺の樹の若葉が光を浴びて揺れている。小さな前庭。明るい緑の芝の上では、チューリップ、水仙、ラベンダーがいっせいに咲きほこっている。その真ん中にある桜の樹も花が満開。風が吹くたびに、その真っ白な花びらが光の中を舞って、雪のように見える。

私はしばらくその場に立ったまま、その光景を眺め続ける。

ここが、彼女が生まれた場所だった。

2

一九九三年、そして私は十五歳になった。

私はどうにか高校に入学。好きな人もできた。

マールバッハ通り 307

アンネが生まれた家の庭

けれど、私はひとりノートに向かい文章を書き続けながら、人生の疑問や悩みに出くわすたび、いつも心に尋ねつづけていた。

いま、アンネだったら、どうする？

いま、アンネだったら、いったいどんな風に考えて、それを、どんな言葉で書き記す？

しかし、アンネが残した日記は、十五歳の途中でとまっていた。

そして、私は、その時、彼女の生きた年を、追い越そうとしていた。

そこから先、アンネが辿り書き記すはずだった日々は、人生は、もう、どこにも書き記されてはいなかった。

私が心のうちでいつも、これから先のことを尋ねてきた相手は、もう、どこにもいなかった。

本棚の裏側で見つけて、これまで一心に辿ろうとしてきた光は、そこで、ぷつりと途切れていた。

＋

トラムの駅へ向かって歩く。通り沿いのパン屋が一軒だけ開いていて、そこでコーヒーを買って飲む。ハウプトヴァッへへ戻る。

電車から降りる。階段を昇る。空が見える。子どもが駆け出して、ぱっと父親の胸に抱きついている。おばあさんがおじいさんの手を取る。マリンバの音。人が道を行き過ぎてゆく。教会の鐘が鳴る。

歩き回る。そして、マイン川の橋を渡って対岸へ行く。芝生にみんな寝転んで日向ぼっこをしている。女の人の白いスカートから素足が覗いている。子どもが喧嘩して泣いている。ボートでケバブサンドを売っている。ケバブを買う人の列ができている。陽が暮れてゆく。それを見つめる。空が一度赤く鮮やかになって、それから次第に濃い青へと移り変わってゆく。

ホテルの向かいのケバブ屋でケバブサンドを買う。部屋でビール。外には月が出ているのかどうかわからない。日記を書く。それから目覚ましをかけてベッドで眠る。

旅が終わる。

昭和二十年十一月十一日　日曜日　雨　暖

八時起床。干し柿をいじって少し畠をたがやしていたら突然空が暗くなって物凄い雷嗚だった。昼食後昭と少し遊んでみて英語をやつたが何となく気分が優れぬ。二時に家を出て山田時計店へ行ったら九月十五日に預けたのに未だだといふ。うんざりして南陽堂書店へ行つたが何だか感じが悪いので本あさりもせずグルッと廻って直ぐ帰つて来た。帰宅後先日よりの考への参考になる書がないかと探して森鷗外・芥川龍之介の哲学めいた處《ところ》を読んでみたが一向分からない。嗚呼高校生にも悩みは深い！これは俺一人のみのことであらうか。なんとなく頭がすっきりとしなくて困る。

＋

一九九四年、それから私は、十五歳を過ぎる。一九九五年、一九九六年、一九九七年、十六歳を、十七歳を、十八歳を、過ぎてゆく。

私は、これから、いったいどんな風に、大人になってゆけばいいのだろう。将来やってくる時間に向けて、未来に向けて、不安と、期待と、恐れと、希望と、いくつもいくつもの気持ちが、渦巻いている。

私は、これから、いったいどんな風に、年を取ってゆけばいいのだろう。

私は、結婚するのだろうか。子どもを産んだりするのだろうか。人を愛し続けたりすることはできるだろうか。戦争をなくすことはできるだろうか。おばあさんになっても、夢を持ってやりたいことをやり続けることができるだろうか。その頃までにはきっと、私も、強くて、聡明で、美しく、なれるだろうか。

アンネだったら、いったい生き続けるということを、どんな風に書くだろう？

アンネだったら、いったい今のこの世界を、どんな風に書く？

ねえ、アンネだったら、八十歳を迎えることを、年老いてゆくことを、どんな風に書く？

私は、オバサンになった、アンネの言葉を読みたかった。

私は、おばあさんになった、アンネの言葉を読みたかった。

ベッドの中で、私は、三十一歳だ。

今も私はひとり、アンネに向かってそんな風に問い続けている。

けれど、勿論、その問いの答えは返って来ない。

＋

二〇〇九年四月十四日、火曜日　晴天

夢はいくつも見たけれど、忘れた。朝コーヒー。残りのパンを食べたり荷造りしたり。

電車に乗ってフランクフルト国際空港へと向かう。

スカンジナビア・エアライン。

八　東京

誕生

一九二九年、アメリカウォール街株価の大暴落にはじまった不況の波がドイツへも押し寄せていた。会社の倒産が相次ぎ、失業者があふれた。第一次世界大戦の敗戦から十一年目のことである。ドイツは敗戦時の膨大な戦争賠償支払いを抱えたまま、世界でも類を見ない程のインフレに襲われていた。人々は貧困に喘ぎ苦しんでいた。そんな中その原因や責任をユダヤ人たちになすりつけようとする人たちが現れる。

＋

一九二九年、日本へも不況の波は押し寄せていた。関東大震災、昭和金融恐慌と不況が続いた後、更にアメリカにはじまる恐慌の波を食らうことになったのだった。会社の倒産が相次ぎ、失業者があふれた。当時エリートであった大学卒業者でさえ就職できないという状況に陥っていた。デフレで米の値段が下落したことから農村は壊滅的な状態になった。飢餓で身売りが横行し、少女たちが売り飛ばされた。

そんな中で、満州事変へ向けての準備が着々と、進められてゆく。治安維持法は、議会や新聞雑誌での反対の声も鈍いまま、すでに執行され、検挙が行われていた。

＋

9時35分。成田空港着。日付は四月十五日になっていた。

荷物を受け取る。帰りは成田エクスプレスではなくて、バスに乗ることにする。しかしバスは行ってしまったばかりで、次のバスのチケットを買ったら、発車は11時。

ウーロン茶を飲みながら、外のベンチで、バスを待つ。携帯電話で実家に電話をかける。呼び出し音が三度鳴って、電話に母が出た。

おかえりなさい。

母がそれから父を呼び、電話をかわる。父の声が電話の向こうから聞こえる。

おーい、おかえり。

バスに乗る金はあるのか？

はやくこっちへ遊びに来いよ。
うまいもの、寿司かなんかを、食わせてやるから。
バスターミナルにはバスが着いたり発っていったりしている。東京はもうすっかり暖かくて、カーディガンを脱ぐ。空は鮮やかな青でそこにはくっきりとした太陽の光。

昭和二十一年四月十五日　月曜日　快晴　朝寒後

十一時に家を出て向ひ山へお花見に行った。十二時頂上着。帰途蓬を摘むつもりで早目に下山したが浅野川方面より下りて来たら有りさうな處《ところ》はなかった。三時帰宅。夜、九時に家を出て母と夜桜を見に行った。照明は余りよく利いていなかつたが噴水の處は一寸よかった。十時二十分帰宅。

一九四四年四月十六日、日曜日

だれよりも親愛なるキティーへ
きのうの日付けを覚えておいてください。わたしの一生の、とても重要な日ですから。

もちろん、どんな女の子にとっても、はじめてキスされた日と言えば、記念すべき日でしょう? だったら、そう、わたしにとっても、やっぱりだいじな日であることは言うまでもありません。

[…]

日曜日の朝、十一時ちょっと前。

じゃあまた、アンネ・M・フランク

+

成田空港のバスターミナルにバスが滑り込むようにしてやってくる。トランクを預け、私はバスに乗り込む。バスはゆっくりと発車してゆく。

風景が過ぎてゆく。

陽射しがゆっくりと変化してゆく。

車が、ラブホテルの建物が、標識が、風が、光が、流れて過ぎてゆく。

私は、日記帳の白い頁に、今日の日付を書き記す。

二〇〇九年四月十五日　水曜日　晴天

+

一九二九年、幾つもの予兆たちを前に、穏やかな空気に包まれた部屋の中では、小さな命の誕生に喜び沸いていた。これからその子どもたちの人生に、どんなことが待ち受けているのかを、まだ誰も知らない。

三月二十一日、日本青森県弘前。滋と富美子の間に、私の父、小林司が生まれる。

六月十二日、ドイツフランクフルト。オットーとエーディトの間に、アンネ・フランク、アンネリーゼ・マリー・フランクが生まれる。

その子どもたちが辿らされる道のりは、この時点では、まだ決まっていない。彼も、彼女も、そして、彼を彼女を知る人も、知らない人も、ひとりひとりが、その記されることのなかったひとつひとつの道筋を、握っている。

赤子は大きく泣き声をあげる。

装画　小林エリカ

本文中引用　中略箇所は［…］

『アンネの日記』
アンネ・フランク（著）深町 眞理子（翻訳）
文藝春秋　増補新訂版
日記の引用は全て深町眞理子訳より

『アンネ・フランク・ハウス　ものがたりのあるミュージアム』
アンネ・フランク・ハウス

『BOOK OF ALFRED KANTOR』
Alfred Kantor（著）Schocken Reprint 版

『テレジンの子どもたちから
——ナチスに隠れて出された雑誌『VEDEM』より』
林 幸子（著）新評論

『ベルリン・天使の詩』
ヴィム・ヴェンダース（監督）

『終わりと始まり』
ヴィスワヴァ・シンボルスカ（著）沼野 充義（翻訳）未知谷

『出会いについて——精神科医のノートから』
小林 司（著）ＮＨＫブックス

『和泉式部日記』
和泉式部　岩波文庫

『少女アンネ——その足跡』
E＝シュナベール（著）久米 穣（翻訳）偕成社文庫

『戦争中の暮しの記録』
暮しの手帖（編）暮しの手帖社

参考文献

『光ほのかに　アンネの日記』
アンネ・フランク（著）皆藤 幸蔵（翻訳）文藝春秋新社

『ガイドブック『アンネの日記』を訪ねる』
黒川 万千代（著）新日本出版社

『アンネ・フランク　その15年の生涯』
黒川 万千代（著）合同出版

『アンネの青春ノート』
アンネ・フランク（著）木島 和子（翻訳）小学館

『私のアンネ＝フランク——直樹とゆう子の物語』
松谷 みよ子（著）偕成社

『アンネ・フランクの記憶』
小川 洋子（著）角川文庫

P111　小林司 日記帖
昭和二十年七月二十二日——昭和二十一年七月二十二日
日記の引用は旧漢字を新漢字に改めました

P113、114　ANNE FRANK『HET ACHTERHUIS
DAGBOEKBRIEVEN 12 Juni 1942 - 1 Augustus 1944』
Contact-Amsterdam
表紙のサインもこの本より転載させていただきました

P117　小林エリカ 日記
二〇〇九年三月三十日——四月十五日

小林エリカ

一九七八年東京生まれ。

二〇〇七－八年アジアン・カルチュラル・カウンシルの招聘でアメリカ、ニューヨークに滞在。

現在、東京在住。

kvina メンバーと共に日本語・英語・エスペラント語三ヶ国語のセルフ・パブリッシング・シリーズ LIBRO de KVINA をたちあげる。


著書は小説に『空爆の日に会いましょう』コミックは詩をモチーフにした『終わりとはじまり』（共にマガジンハウス）『この気持ち　いったい何語だったらつうじるの?』（理論社 YA 新書よりみちパン!セ）などがある。

親愛なるキティーたちへ

二〇一一年六月十二日　初版第一刷発行

著者　小林エリカ
ブックデザイン　服部一成　山下ともこ
発行者　孫 家邦
発行所　株式会社リトルモア
〒151-0051 東京都渋谷区千駄ヶ谷3-56-6
TEL:03-3401-1042　FAX:03-3401-1052
info@littlemore.co.jp　http://www.littlemore.co.jp
印刷所　図書印刷株式会社

Printed in Japan
ISBN 978-4-89815-312-3 C0095